冯玉奇·通俗小说
FENGYUQI
TONGSUXIAOSHUO

秋水长天

QIUSHUI
CHANGTIAN

冯玉奇 /著

中国文史出版社

目　录

一 为虎作伥痛在儿女心

　　离开南京城外十余里的一个小小的乡村，那边有幽美的风景。春天的季节，桃红柳绿，草长莺飞，景色固然是十分的引人，就是在秋天的时候，田野中长着金黄色的大麦，并杂了那些红红绿绿的野花，还有河面上散布着嫩绿色的浮萍，偶然游着几只红头白羽毛的大鹅。这种天然美而毫无人工装饰的山村风景，也足以使一班骚人墨客所留恋的了。

　　住在山村里面的人们，终比住在城市里的人们朴实些，所以这里老老少少、男男女女也都是很俭朴而具有天然的优美。这是一个云淡风轻秋天的下午，四周万物都是静悄悄的，只有微风吹动着树叶儿，奏着窸窸窣窣的音调。那边是一条铺着砂泥的公路，公路两旁植着一株一株的大树，树叶儿像伞形似的盖成了浓浓的绿荫，远远望去，好像是

1

放着一条绿叶做成的屏风。在公路西首有着一条小小的河流，这时在河埠头的石阶级上，蹲着一个十七八岁的小姑娘，使劲地在敲地上堆着的那几件衣服，显然她是很辛苦地在干那洗衣服的工作。

这时远远地驶来两辆自由车，车上坐着一男一女，年纪都在二十岁左右光景。他们一面向前疾驶而行，一面还嘻嘻哈哈地谈笑着，神情显然是十分的欢喜。但天下的事情，总是出人意料，那男子也许是太大意了的缘故，一个不小心，那身子就向地上跌了下来，同时那一辆自由车也向那男子压倒下去。旁边那个女子，见出了乱子，一面急急下车，一面便竭声地叫喊起来。在荒野的山村里，空气本来是十分的寂静，被她这一声尖锐的竭叫，当然把那个蹲在河埠头正洗着衣服的姑娘警觉过来。

那姑娘见自由车翻倒了，而旁边那个少女又好像急得没有了主意的样子，也是她素来热心的缘故，所以放下手中那根木棍子，三脚两步地奔了过去，问道："啊呀，怎么啦？你们跌痛了哪里没有？"

那少女也不及回答，一面把自由车扶过一旁，一面俯身去看跌在地上的男子。只见他脚踝上都是鲜血，心中一急，便连喊着："血，血！"那男子似乎跌痛得昏了知觉，蹙了眉毛，却半晌说不出一句话来。那姑娘忙着把自己腰间围着的一方白布拿下来，交给那少女，一面说道："小姐，你看他血流得这样多，快拿布先给他包扎起来吧！"

"还好，多谢这一位姑娘。妹妹，你也向人家请教请教贵姓大名。"那男子虽然痛得有点发昏，但他知觉上还很清楚，他知道这位姑娘是很热心地援助自己，所以他向那少女这样说。

那少女被她哥哥这样一说，方才理会过来，遂对她含笑问道："这位小姐贵姓大名？我们心里很感激你。"

"敝姓李，名叫雪华。不要客气，你这位小姐贵姓？"那姑娘露着雪白的牙齿，微笑着回答，虽然是乡村里的姑娘，但态度却也相当的大方。

"哦！原来是李小姐。我叫文素琴，这是家兄文世雄。因为今天是星期日，学校里放假，我们踏自由车到城外来游玩，想不到竟会出了乱子。"这位文素琴一面弯着腰儿，一面给她介绍跌在地上的哥哥。世雄坐在地上，望着雪华的脸庞，好像他已忘记了痛苦，说道："说也奇怪，并不是我夸口，踏自由车也不是第一次，今天却会摔了一跤，这真是意想不到。"

"我想这也许是偶然大意的缘故，所以无论一件什么事情，终不能够忽略，否则，极小的事情，也会容易出毛病。"雪华瞟了他一眼，微笑着回答。

"可不是？李小姐这话就对极了。"世雄点了点头，大有钦佩的神气。素琴见哥哥坐在地上，好像不预备再站起来的模样，遂扶他问道："哥哥，你怎么啦？能站起来行走吗？"

"嗯！实在有点儿疼痛。"世雄弯弯腰，有点一拐一拐的样子。雪华见了说道："我看文先生这一跤跌得不轻，再要骑自由车恐怕不方便。我家离此不远，两位若不见弃，不妨到我家里去坐一会儿。"

"承蒙小姐这样热心，那是再好也没有了。"世雄似乎感到意外的惊喜，脸上含了笑容，连声地回答。

"好，那么请两位等一等，我到河边去收拾了衣服，马上陪你们一同去。"雪华好像也很欢喜的神气，说完了这两句话，她已一跳一跳地奔到河边去了。等雪华从河边收拾衣服回来，他们兄妹两人已站在地上，扶了自由车等着她了。雪华道："文先生扶了车子不吃力吗？"世雄道："不，这样我倒可以靠着一点儿力。"一面说一面把手摆了摆。雪华懂得他的意思，遂含笑一点头，向前带路走了。

拐了几个弯子，前面有一丛竹林，在竹林中间显现着茅屋的一角，远远望去，其景甚为清雅脱俗。世雄暗想：我在南京居住了好多年，这个地方倒还没有到过。正在暗想，雪华说道："前面那几间茅屋就是我的家了。"

"真是一个清静的好地方。"世雄口里这么回答，两眼却呆呆地望到她的身上去，心中不由得又暗暗想道，这就难怪了，一块清静幽美的境地，当然是有这一个温文而秀丽的女孩子在里面了。这时村前有几头高大的猎犬奔了过来，好像是侦查来人是谁的样子。雪华老远地向它们叫了一声乔利，那几头猎犬便摇头摆尾地回到院子门口去了。三人到了院门口，见门口四周的景色更觉幽美，虽然是初秋的季节，但那几株柳树，还随风飞舞。雪华停住了步，望了两人微微一点头。世雄兄妹不好意思冒昧地先进内，所以说了一声"李小姐先请"，雪华这才不再客气地先向院子里走。里面植了许多菊花，因为天气尚暖，所以花蕾还未盛放。雪华在走进院子之后，好像有些迫不及待的样子，先嚷着道："爸爸，爸爸，有客来啦！"

凭了她这两声叫喊，就可以知道她是没有母亲，也许是只有一个父亲的。这时屋子里走出一个五十多岁的老年人来，短袄子蓝布衫，服饰甚为俭朴，不过精神却相当的饱满。他一面咳嗽了一声，一面问道："雪华，是谁来了？是谁来了？"

"爸爸，我来给你介绍，这位是文先生，这位是文先生的妹妹文小姐，他们是从城里来游玩的，因为骑自由车跌了一跤，所以我请他们到家里来坐一会儿。"雪华笑盈盈地介绍。世雄兄妹把自由车放过一旁，很有礼貌地向他鞠了一躬，说道："我们来得很孟浪，还请老伯勿责是幸。"

这位李老先生很欢喜地笑道："不要客气，不要客气，山村荒僻之地，难得贵客下降，真是蓬荜生辉，快请里面坐，快请里面坐。"世雄觉得这位老先生倒也不像是普通的乡下老头可比，因此也甚为谦虚地一面客气，一面跟着入内。只见里面倒也收拾得窗明几净，正中有横匾一方，上书"积善草堂"，两旁还有山水字画，可见也是书香门第，说不定倒是一个隐士。这位老先生一面让座，一面敬茶。世雄兄妹虽然是城里到来，举止本来是很大方的，现在到了一个乡村人家，因为这位老先生的与众不同，所以反倒受起拘束来了。四面望了望对联上的题款，是"相云夫子大人雅属"等字样，可知这位老先生不是一个平常之辈了。

从题款上的字着想，就可知道他的名字叫相云。世雄这就忍不住问道："老伯的大名敢是相云了？我想你们大概不是本地人，一定是从远方移居来此的。"

"不错，我们原籍湖北，因为家乡遭了兵灾，所以搬居到这里的。"李相云觉得世雄倒是一个聪敏的人，遂点了点头，微笑着回答。经过了几句闲谈之后，大家都又静默了。相云因为不见女儿跟进来，这就叫道："雪华，你这小姑娘怎么一点儿事也不懂？你自己躲在外面干吗？怎么不进来招待招待客人?"

随着他这两句话,雪华从外面跳进来,笑道:"爸爸,我在晒衣服啊,你给我招待招待客人不是一样吗?"

"我老了,说不来什么话,你们年轻的招待客人,终比较好一点。"相云微笑着说。世雄暗想雪华这位姑娘真会做事,只可惜是长在乡村里,要不然真是一个了不得的好人才;但转念一想自己的猜测恐怕不对,既然他们是湖北避乱到此,那么这位雪华姑娘在过去说不定也是一个学校中人呢。果然雪华在素琴的旁边坐下了,她先含笑问道:"文小姐在什么学校里念书?"

"我在城里金陵中学读书。李小姐从前在哪里念过书的?"素琴向她低低地说。

"我还是在汉口民光女中读了书,自从居住到此,却辍学一年多了。说来很惭愧,现在蛰居乡村,学陋寡闻,还请文小姐多多指教才好。"雪华倒是一个口齿伶俐的姑娘,而且谈吐也是相当文雅。素琴忙笑道:"哪里哪里,你这样客气,倒叫我不好意思起来了。我觉得李小姐很热心仗义,所以我们很希望和你交一个朋友,不知道你以为我们太高攀了吗?"

"啊哈!这话是打从哪里说起?文小姐若不见弃,我真是荣幸之至!只怕我乡村庸俗之女,不够资格跟你们交朋

7

友吧!"雪华啊哈了一声,一撩眼皮,那种表情至少是包含了一种天真的可爱。

世雄在旁边插嘴笑道:"大家不必客气,我以为年轻人交朋友,应该以实心眼儿相待才好。"说到这里,回头又向相云问道,"老伯府上就只有两个人吗?"

相云正欲回答,忽听院子里有很粗重的声音嚷进来道:"妹妹,妹妹,快来看你哥哥的好本领,今天打死了一只狼。"

"我哥回来了。"雪华这么自语了一句,身子向院子外走,在屋门口就叫着道,"哥哥,你快进屋子里来,我来给你介绍一个好朋友。"

"是谁?是谁?"随着这两声,外面走进一个雄伟的男子来。世雄兄妹连忙站起身子,雪华介绍道:"这位是文先生,这位是文小姐,这是家兄自强。"

自强听了,走上去和世雄握了一阵子手,回身要和素琴相握的时候,忽然想到了什么似的却立刻又缩回了手,弯着腰儿叫了一声文小姐。世雄觉得自强虽然有点粗鲁,但从这一点来看,显然很有礼貌,倒也是一个爽快的青年。大家客气了几句,世雄不便多留,遂预备告别。雪华至少带有点关怀的口吻,问道:"文先生的伤处怎么样了?假使还有点疼痛的话,那就不妨再坐一会儿走。"

"不，已经好得多了。我倒忘记了，这一方布还是李小姐的，让我解下来还给你吧。"世雄被她一提，才想起了脚踝上这一方包扎的布。

　　雪华忙说道："这一方布值得了什么，文先生也太客气了，再说你伤处好了，不是可以来归还的吗？"

　　世雄在回味这一句可以来归还的话，那显然是欢迎自己再来的意思，他心中是充满了甜蜜的暖意，也就不再客气，向相云鞠了一个躬，和妹妹扶了自由车，走出了院子的大门。雪华和哥哥送到门口，直待他们跨上了自由车驶行去了，才回身入内。

　　世雄兄妹一路回家，一路闲谈着李家的身世和境况，似乎李家很有点神秘的样子。素琴道："我想他们从湖北迁居来此，也许并不是为了避兵灾之乱，照我的意思猜测，说不定还有其他的隐情。"

　　"这倒也说不定，或者为了和人家结了仇恨，或者为了……这也很难说，总而言之，他们绝不是一个普通的乡村人家。妹妹你说对不对？"世雄点了点头回答，他脑海里浮映着雪华那个讨人欢喜的脸蛋儿，觉得今天的艳遇，也许不是偶然的事情，他希望将来会有一个美丽结果。

　　素琴回眸望了他一眼，她好像猜得到哥哥的心理，遂微笑着说道："哥哥，我见那个李小姐对于你似乎不免有情，我想你的心中至少也有点儿同感吧！"

"偶然的相遇，那是极普通的事情，妹妹怎么就谈到这些上去，我认为这好像有点无聊。"世雄虽然觉得妹妹是很有点猜测的本领，不过他表面上还表示否认。

素琴笑了笑，遂也不再说话。

文公馆是在中山路的右首，气象是相当的巍峨，大门口还站立了两个身挂盒子枪的卫兵。当世雄兄妹的自由车驶行进去的时候，那卫兵还向两人立正致敬，从这一点看，世雄的父亲当然是个现代的大人物了。他们把自由车停在大厅的旁边，匆匆地进内，穿过几重院落方才到了上房，只见母亲文太太和父亲在房中闲谈着。他父亲文邦杰是军机处处长，当下见了兄妹两人，便问道："你们两人在什么地方？星期日连人影子也没有看见。"

世雄听父亲这种语气，显然有点责问的意思，于是很小心地答道："我和妹妹在城外骑自由车游玩，父亲，你有什么事情吗？"

"就是外面去游玩，你也得带两个勤务兵去，要是出了什么乱子的话，叫我们在家里不是着急吗？"邦杰喷出口里吸进去的雪茄烟，他这两句话中当然还是为了爱护儿女的缘故。素琴笑道："其实带了勤务兵，反而受人注目，容易闯祸；我们这样出去游玩，倒不会发生什么意外。"

文太太道："你们这两个孩子总是这样的倔强，爹说的话，总是为你们好，可是你们总不爱接受。"

素琴道："并不是我们不接受爹的话，因为在这一种环境之下，我们若再耀武扬威地带了勤务兵在街上乱闯，就是自己心里，也觉得有点儿惭愧。"

"胡说，你这是什么话？"邦杰被女儿这么一说，两颊好像感到有些燥热，这就瞪了眼睛，向她大喝起来。

"妹妹，你别站在这里发傻了，还是快回房去休息一会儿吧！"世雄很识时务地向素琴丢了一个颜色，叫她走开。文太太叹了一口气，说道："一个女孩儿家懂得些什么？都是读书读坏了，快回房去吧！别在这里再给你爹怄气。"

素琴不说什么，转身便走到自己房中去了，倒在床上，却忍不住暗暗啜泣。丫头小红倒是呆住了，遂连忙去拧了一把毛巾，塞到素琴的手里，低低说道："小姐，谁给你受了委屈，好好儿哭起来做什么？快擦一把手巾，伤了自己的身体，这又何苦来呢？"

"你别管我，让我哭一会儿也好，你出去吧。"素琴在哭泣声中，向她回答了这两句话。小红知道小姐的脾气，遂不敢违拗，反而给她掩上了房门，悄悄地退到外面去了。

素琴哭了一会儿之后，慢慢地站起身子，坐到靠窗那张写字台旁去，在抽屉内取出一页照片来。这是一个很英杰的青年，他两眼炯炯地望着素琴，好像有无限愤怒的情绪，但又好像有无限缠绵之情的意态，这使素琴的脑海里又回溯起过去沉痛的一幕。

杨宗达是素琴从小的同学，他们可说是青梅竹马、总角之交。只是随着年龄增长，男女间当然是少不得会凝成了爱的作用，所以他们是非常的情投意合，都认为将来终可以结成圆满的眷属。不过宗达是一个有作为的青年，所以他当然有爱国的思想，有思想必定有行动，那么宗达行动，自然是积极的。在起初他还不觉得，后来他想到了素琴的环境，才感到他们两人之间是隔开了一条辽阔的鸿沟的。所以这天他约了素琴在一个茶室内谈话。

素琴见宗达今天的神色和往常有点不同，好像是罩上了一层浓厚的愁云，这就含了妩媚的笑容，低低地说道："宗达，你约我到这里来，不知道有什么事情吗？我想从前我们见面的时候，总是又说又笑，为什么今天你要显出这样不快乐的样子呢？"

"事情是有一点的，不过说出来也许使我们大家心里会感到痛苦，因为我们也许是要分手了。"宗达微蹙了眉毛说，但他又很坚决地补充一句说道，"不，我们是已经成功分手的局面了。"

"宗达，你怎么说出这一种话来？我真不懂你这是什么意思？难道你预备离开南京吗？"素琴急得粉脸儿涨得红红的，两眼望着他脸孔呆呆地出神。

宗达见她那样难过的神气，自己心里也会感到无限的痛苦，遂沉吟了一会儿，方低低地说道："是的，我也许要离开南京。"

"那么你要到什么地方去呢？"素琴继续追问，在她眼眶子里已贮满了晶莹莹的泪水了。

"素琴，事到今日，我觉得还是爽爽快快和你说一说比较明白一点。"宗达竭力压制情感的发展，他镇静了态度，说道，"自从七七卢沟桥事变以来，接着在淞沪就发生了八一三的战争，日本要征服我们中国，他们曾经发表在二十四小时之内占领上海，结果，在我们八十八师两军抗战之下，竟坚持了三个月之久。为了整个战争的计划着想，国军才忍痛西撤，然而还有八百孤军，愿与上海共存共亡。这样英勇抗战，真所谓予以侵略者打击，使我们全国同胞，无不为之奋起自强，来保卫祖国。现在抗战数年，国军虽然节节退守，但尚有整个计划，以达最后胜利。所恨沦陷国土竟达九省，我们在沦陷区内的同胞，不能跟随国军迁移，致成为俎上之肉者，任剐任割不知万千。可怜我们在铁蹄下受尽蹂躏倒也不要说起了，但是还有一帮为虎作伥不知廉耻的人们，帮着敌人，来残害自己的同胞，满足自

13

己的私欲。言念及此，令人心痛。素琴，我是中国的国民，我不能在敌伪组织下苟活下去，所以我不能不奋发起来干一点对得住自己良心的工作。然而以你的环境来说，我们恐怕是没有结合的希望，为了避免彼此痛苦起见，所以我们还是早点分手比较痛快。本来我也不预备和你来解释了，但是怕你误会我另爱别人的缘故，所以我不得不约你来此说一个明白。素琴，我想你也是一个有知识的姑娘，你当然能谅解我的苦衷。虽然我们这十年来的友谊是不该有今天这么决绝的日子，但为了我们祖国的存亡，为了我们民族的解放，我只好抛却了一己之私爱，去干我们青年应干的事业。"

素琴听了他这长长一大篇的话，她一颗芳心好像有千万枚钢针在刺戳一般疼痛。不但她的眼泪已经夺眶而出，就是她额角上的汗点也像雨点一般地滚落下来。宗达见她这样满面羞惭的神情，自然也明白她内心的痛苦，意欲安慰她几句，可是却再也说不上来了。素琴流了一会儿泪，方才低低地说道："宗达，你说的话固然是很不错，不过你也不能怪到我一个女孩儿家的身上来。比方这么说一句，假使你父亲坐到了这个地位，你预备怎么办呢？"

素琴这一句话倒是把宗达问住了，怔怔地半晌说不出一句话来。虽然他要说出忠孝不能两全的一句话，但他到底在喉咙口里又忍熬住了。他伸手摸出一方手帕来，交到素琴的手里。素琴对于他这一个举动，芳心里似乎还感到了一点儿安慰，不过因了宗达的默不作答，遂又继续说道："宗达，你难道还不明白我是怎样一个女子吗？为了父亲做的行为，我和哥哥两人也不知反对多少次了，但是又有什么功效呢？虽然我们有脱离家庭的意思，不过我们纵然离开了家庭，像我这样才疏学浅并无一技之能的女孩儿，叫我到哪里去安身？虽有爱国之心，恐怕也不能得到国家的录用吧！"

宗达听了，说道："我并没有怪你，我只怪你父亲的可恶。但是你应该知道你父亲是敌人的帮凶，换句话说，他是中国的害虫，更是我们民族的公敌。一个有血有肉的青年，试问你是否肯和一个汉奸的女儿去结合？对不起，素琴！我是不顾一切地说了，为了国家，为了我前途，我们不得不在这里告一段落。虽然我原谅你的苦心，但我不能为儿女之私，而侮辱了我堂堂七尺之躯。素琴，愿你洁身自爱，好自为之。再见。"宗达说到这里，他硬了心肠，站起身子，便匆匆地走了。

素琴想要拉住他，可是却来不及，因此望着他去远了的后影，那眼泪忍不住又滚滚地落了下来。

这是一年前的事了，素琴坐在写字台旁，望了那张相片，呆呆地回忆，她心中是滋长了悲酸的意味，她伏在玻璃台板上，两肩一耸一耸地又啜泣起来。

"妹妹，你怎么啦？不要发傻了，好好儿这又是为什么呢？"就在这个时候，世雄从房外匆匆地进来，他见素琴这样伤心的神气，遂拍了拍她的肩胛，低低地劝慰。

素琴一见哥哥进房，遂停止了哭泣，坐正了身子，拿了手帕揩眼泪。世雄这就见台板上放着一页照片，遂伸手拿来细看。对于妹妹这一件决裂的事，他也略有明白，一时才知道妹妹又为了宗达而伤心了，遂又叹了一口气道："妹妹，你也不要太儿女情长了，要知道爱情这件事情，本来是不能勉强的，他既然和你决绝，那么他当然另有爱人了。你若常常为他流泪，那不是成个大傻瓜了吗？"

"哼！假使他是为了另有爱人而和我决绝的话，我倒也用不着伤心了。我也明白他和我分手，在他的内心也未始不感到痛苦。唉！我为什么要生长在这样一个家庭之中，而受到一班人的唾骂和轻视呢？"素琴的神情由愤激而转变为悲哀，她怨恨自己的命运，忍不住眼泪又滚落了两颊。

世雄心中似有一种铅质般的东西镇压着透不过气来，他觉得脸上热辣辣的似乎十分惭愧。虽然他是一个处长的公子，属下的士兵见了他，都要立正敬礼，不过他每天在大街上行走的时候，假使那些老百姓中有人注视他的时候，他好像是做了一件什么大恶事般的不安，一颗心会扑通扑通地乱撞起来。此刻听了妹妹的话，他当然同样感到局促，但是在这一种环境下不随俗浮沉，又有什么办法呢？遂低低地说道："妹妹，你不要说这些话了，我们没有能力跳出这个黑暗的家，我们只好静静地忍耐着。只要我们不干那些丧失天良的事情，外界当然也会原有我们的。"

"可是谁会不骂我们是汉奸的儿女呢？"素琴泪眼盈盈地望了世雄一眼，她的语气是这么的颓唐。世雄还能说什么好呢？他抑郁地忍不住又深长地叹了一口气。

一个人本身是做强盗的，他的儿女未必一定也是做强盗的。这和一个做汉奸的父亲一样，他的儿女当然也不是个个心愿做汉奸的。不过这里又分别得是上中下三等人。上智者，他们一定脱离家庭，情愿流浪他乡，去埋头苦干他奋斗的生活。中智者，他们明知做汉奸是祖国的叛逆，是万人唾骂的公敌，但是他们一半已被物质享受的生活所吸引了，他们有思想而没有勇气，敢怒而不敢言，明知其故而不敢实行。这种人就是世雄兄妹的写照，其实在生活上却是最感痛苦的。至于下愚者，他们是绝对不会想到什么祖国、什么廉耻等问题的，他们只知道父亲做了处长，自己就是大人物的公子，应该狐假虎威地作威作福，来凌辱一班水深火热中的老百姓。这三种人当然是下愚者最多，中智者次之，而上智者最少，简直可说是不可得。那么像书中的世雄和素琴，当然还不失为坏人当中的好人了。

世雄兄妹两人因为是抱了中庸之道的宗旨，那么事实上是绝不会有个结论的。就在这时候，小红拿了一个请客帖子，匆匆地走进来，说道："这是警备司令沈伯涛送来的请客帖，老爷说少爷、小姐也应该到外面去见识见识，所以明天叫你们一同去。"

"沈司令请客？他为什么要请客呢？"世雄接过了帖子，很奇怪地问。小红道："听说他的第七个姨太太小生日，所以要开一个庆祝大会。"

"哼！又是为了这一种毫无意义的事情忙碌着，我可不高兴去。"世雄听了小红的话后，他索性连帖子也不要看了，随手把帖子抛到桌子上去。

"少爷，你怎么这样说？老爷还连夜派人到银楼店里去定制贺礼呢！老爷说沈司令最宠爱这位姨太太，叫什么陆露茜的，所以为了联络彼此感情起见，大家是应该去热闹热闹的。"小红听少爷这样说，似乎感到意外地回答着。

晚上，世雄卧在床里，感到脚踝上似乎有点隐隐作痛，因此他又想起李雪华这个姑娘来了。娇小的身材、秀丽的面庞，没有一处不是令人感到可爱的，她对我那种脉脉含情的意态，我想她至少也有一点爱我的成分吧。这样想着，心里像涂上了一层糖衣似的甜蜜，他拥抱着被儿才呼呼地入梦乡去。

第二天起来，按世雄的意思，就要预备找雪华去。一面去还她这一方围布，一面借此可以和她见面。当然多见一次面，自然可以多增加一点感情。不过下午却偏偏落起雨来了，落了雨踏自由车很不方便，况且自己膝上还有点伤痛，这是更不方便的事情，因此世雄也只好怨恨老天太不作美了。

黄昏的时候，上房里差小红来找世雄和素琴。他们不知何事，到了上房里，只见父亲和母亲已穿戴齐了衣服，问两人可曾预备好了。世雄还有点莫名其妙，倒是素琴想到了，说道："是不是去参加沈司令的宴会？但我有些头疼，不想去了。"世雄一听，遂也说道："我也不想去了，因为我学校里还有许多功课要做。"

邦杰听了很不高兴，把脸儿一沉，说道："这种宴会是难得参加的，况且你们也是处长的公子、小姐，为什么这样小家子气？难道你们还怕见不了人不成？去，去，去，快去换了衣服一同去，你们若再不听从我的话，那不是明明地和我作对吗？"

文太太听了，也在一旁劝他们同去。世雄兄妹没有办法，也只好低了头，匆匆地回到自己房中换衣服去了。

二　热情相爱却换一片冰

沈司令的公馆当然比文处长的公馆还要巍峨和富丽。这是一座五楼五底的洋房，四面围了一个花园。花园里经过人工的点缀和装饰之后，有小桥，有茅亭，有树林，有花园，而且还有一弯流水，好像是个小小的村落，人入其中，曲径通幽，倒也别有洞天。今天沈公馆自然更加热闹，大门口自备汽车，来去不绝。文邦杰夫妇带了儿女，坐汽车直达大厅停下。早有卫队上前开了车门，很恭敬地侍候邦杰等跳下车来。接着沈司令的黄副官含笑迎了出来，向邦杰弯腰笑道："文处长，您老人家也来了，快请里面坐。"

邦杰一面点头，一面答道："老黄，你今天很辛苦了。"黄副官连说哪里哪里，一面引四人到了大厅。只见大厅上扎了五彩挂落地罩，当中大大一个霓虹灯的寿字，桌子是三张并起来，除了寿桃寿糕之外，还点了九对福烛。沈司令穿了蓝袍黑褂，站在旁边，是答谢来宾们道贺的意思。他见了邦杰，抱拳笑道："老文，辛苦辛苦。"

邦杰向前鞠了躬，又命子女也行了礼，方才介绍道："这是小犬世雄，这是小女素琴，你们快上前来见过沈伯伯。"

世雄、素琴听了，遂上前鞠了躬，口叫沈伯伯。伯涛笑道："免礼免礼，老文的福气可比我好得多，公子和小姐都长得这么高大了。"

邦杰笑道："寿太太在哪里？我们还得拜寿呢。"伯涛道："我的爱卿她在里面招待女客。老文，你和夫人、小姐、公子大家请里面坐吧！"

邦杰连说好的好的，遂和夫人等到了内厅，早有相熟的二姨太和三姨太花枝招展地迎上来，一面让座，一面送烟。世雄见里面莺莺燕燕，粉白黛绿，有的说着昨夜叉的雀牌，一副清十三百搭自摸；有的谈着昨夜六国饭店打大小，竟开了二十记的连路。世雄认为这些高贵的女人，都是社会上的废物，只有花费，没有生产，所以他表示可憎，遂向邦杰说道："爸爸，我到外面去了。"

"你性急做什么？还没有亲自向七姨太拜寿哩！"邦杰向他瞪了一眼，至少有点不喜悦的意思。世雄虽然觉得父亲的行为，未免有点卑鄙，但是却不敢违拗，低了头不作声。素琴似乎也有点不耐烦地说道：

"她不过十九岁小生日，又不是五六十岁大寿，何必要看得这样郑重其事的？拆穿了说，两年前也无非是个窑子里的妓女罢了。"邦杰听女儿这样说，这一急非同小可，喝了一声"胡说"，他想教训女儿，但是在这大庭广众之下又不可能，因此瞪着眼睛，表示非常愤怒的模样。文太太拉了拉女儿的衣袖，低低地说道："好孩子，你已经到了这里，就给我少说几句废话吧。"

素琴笑了一笑，却并不作答。不多一会儿，只见三姨太拉了一个豆蔻女郎笑盈盈走过来，那女郎口齿伶俐地笑道："文处长，真对不起，因为客人多，招呼了那里，就忘记了这里，要不是三小姐来叫我，我还不知道呢！快请坐，快请坐，这位想着就是尊夫人了。"这个女郎就是七姨太陆露茜了，她虽然是对邦杰说着话，可是她那双活活的秋波，却脉脉地飘到世雄的脸上去了。

邦杰见了七姨太，好像是见了皇后般的恭敬，一面向她拜寿，一面忙着向世雄说道："这位就是司令太太陆女士，你们快快拜寿吧。"

世雄、素琴免不得向她鞠了一躬，含糊地叫了一声。露茜一面含笑还礼，一面问道："文处长，这两位是……"邦杰听了，忙笑着说道："我这人真糊涂极了，却忘记了介绍，这是我的小犬世雄和小女素琴。"

露茜哦了一声，说道："原来还是文处长的少爷和令爱小姐，我们一向少走动，所以很生疏，文少爷，您抽烟吗?"露茜一面说，一面在桌子上烟盒子里取了一支烟卷，笑盈盈递到世雄的手里去。

一个司令太太对他有这一种举动，在常人的心里，该是多么受宠若惊，但世雄因为心里对她并没有什么好感，所以他反而摇了摇头，淡淡地说道："对不起，我不会抽烟。"

露茜已经把这一支烟递了过去，假使再要缩回来的话，当然有点不好意思，所以她的芳心里不免有点受窘，幸而她是一个聪明的女子，立刻把烟递到文太太的面前，笑道："文太太您大概是吸的吧?"

文太太平日在家里不吸香烟，却爱吸水烟筒，不过为了情意难却，只好接过了烟卷，连声道谢。邦杰对于儿子明明知道他是吸烟的，可是在露茜的面前偏偏说不会吸，那不是抬举不起吗? 因此他代露茜倒有点儿生气，不过这里是女宾席，自己已经拜过了寿，当然不好意思留恋在此，遂对世雄道："我们到外面去坐吧。"世雄巴不得有这一句话，遂转身向外走去。可是却被邦杰喝了回来，说道："你这孩子真是一点礼节都不懂，怎么在司令太太面前不回一

23

声吗?"

被邦杰这样一说,世雄固然是十分的受窘,就是露茜的心中也感到有点不好意思,不免微红了粉颊笑道:"没有关系,没有关系,文处长,你也太客气了,晚上大概用中菜和西菜两种,西菜席设在小船厅里,那边还有一个舞池,你们假使有兴趣听音乐的话,可以到小船厅里吃西菜的。"

邦杰连说好的好的,他向露茜弯了弯腰,便和世雄一同向外面走了。这里文太太和素琴被露茜招待到众人前面去坐下谈天。邦杰在走到没有人的地方,这就沉着脸色,向世雄不免教训了一顿,说他没见过世面,枉为是个处长的少爷,像司令太太肯这样亲热的态度对待他,照理应该向她奉承,这样对于他的前途多少总可以有点帮助,谁知他畏畏缩缩的一点儿应酬功夫都没有。邦杰教训了一顿,表示十分生气。世雄口里不说话,心中倒是又好气又好笑,于是索性匆匆地走远了。邦杰没有办法,也只好到会客室里和同僚们谈天去。

世雄觉得大厅里太嘈杂,而且见了这班狐群狗党也有点惹气,所以悄悄地溜到花园里来散步。这时天已入暮,天空中五彩的云霞已变成紫暗色,但半片的天还是现着蔚蓝的颜色,而且还映现着一钩新月。世雄站在一条木桥的上面,望着下面弯弯的流水,流水里也反映着一钩月亮,微风吹来，水面起了波纹，这就好像倒翻了水银似的动荡不停。这时世雄的脑海里，自然而然地会想起李雪华这个姑娘来，她虽然没有像陆露茜那么的华丽浓艳，可是朴素的幽雅，好像是花中的水仙；清高的秀丽，又好像是霜中的菊花；至于清香的芬芳，犹若云里的丹桂……世雄这样的譬喻下去，他自己也笑了起来。觉得雪华确实是个完善的姑娘，自己既然和她认识了，终不能放过这千载难逢的机会，当然要竭力地追求她。不过照她的态度看来，大概对我也有好感的表示，假使我们能够成功一对的话，这在新婚第一天的夜里，我是多么甜蜜呢！

"文少爷，你一个人在这里呆呆地想什么心事呀？"忽然在世雄的肩胛上有一只手搭了上来，同时在静寂的空气中流动了这一句话声。

世雄回头望去，原来是沈司令的心腹黄副官。黄副官生得獐头鼠目，平日为人阴险十分，而又善于奉承，他可说是个有名的坏蛋，所以有人给他取绰号叫作黄鼠狼，其实他的名字思堂，叫别了变成黄鼠狼。世雄当时微笑道："我想什么心事？黄副官你不要开玩笑。因为这里的景致虽然是人工装饰的，不过却点缀得十分玲珑，我在这里欣赏着黄昏的美景，倒也颇觉耐人寻味的。"

"假使有个素心人儿陪伴在你的身边，那你或许会感到更甜蜜十分。文少爷，不知你也有心爱的人儿了吗？"思堂望着他脸上很神秘地问，嘴角旁挂了一丝笑意。

世雄到底还是一个很嫩面的青年，他听了思堂这样问，两颊也会浮现了一丝红晕，摇了摇头，笑道："爱人？我们还在学校里读书，哪里就可以和人家谈情说爱了呢？没有，没有，一个也没有。"

"一个也没有？我可有些不相信，你们学校里读书的人，爱人最多，今天咖啡馆，明天跳舞场。其实现在学校里读书都是马马虎虎的，别的都可以随便，只有这一课日文倒是不得不用心研究研究。他妈的，我平常就是吃亏日本话不会讲，假使我懂得日本话，嘿嘿，我就真不愿在这里当苦差使了。"黄副官到底还不脱是个老粗的脾气，说到末了，他倒又发起牢骚来了。

世雄听他这样说，心里自然很不受用，遂用了鄙视的目光向他乜斜了一下，冷冷地笑道："那么你还可以赶快去学习下，学会了日本话，真的在这个年头儿，升官发财终比较容易得多。"

思堂并没有听出世雄的话多少是包含了一点讥笑的成分，他还打了一个哈哈笑起来道："文少爷，你真是在开我的玩笑了，常言道，六十岁学跌打，这……这……哪里还能够呢？"说到这里，在袋内摸出烟盒子来，揭开了盖儿，送到世雄面前说声抽烟。世雄点了点头，随手取了一支，衔在嘴里。思堂早已用打火机取了火给世雄燃着了，然后自己也吸了一口，一面喷去了烟一面接下去笑道："文少爷，你真没有爱人的话，要不，我来给你介绍一个？"

"多谢了，可是我对谈情说爱不大研究，假使要找情人的话，我倒还要去学习学习，那么才配够资格呢！"世雄微笑着回答。

思堂对他这几句话，倒不免笑出声音来了。拍了拍他的肩胛，说道："文少爷，你这几句话可太客气了，凭你这一副小白脸儿，还够不上谈情说爱的资格吗？只怕批起分数来至少是九十九分以上的了。假使我有您这么一张脸蛋儿，嘿嘿，恐怕一打以上的女人，早已跟着我同居过了。"

"这是你的本领，也许我是及不上你的。"世雄望着他淡淡地说。思堂连连回答了两声哪里哪里。不料就在这时，忽听一阵摇铃的声音，这是报告来宾们可以入席的意思。思堂道："文少爷，我们还是一同到小船厅里去吃西菜好不好？那边比较幽静，而且也感兴趣一点。"世雄点头说好，两人便走到小船厅里去了。

小船厅里的布置完全和舞厅一样，正面也有一个音乐台，台下是一个舞池，四周都是一张一张的小方桌，旁边围着四把沙发椅。这时来宾们凑认识的都坐在一桌子上，大家谈谈笑笑，一面吃着酒菜，一面聆听着音乐。假使高兴的时候，还可以和认识的小姐太太们舞蹈一次，这种享受，真可以说是人间天堂的了。

思堂和世雄都坐在一张桌子上，两人面前倒了两杯香槟酒，大家的脸上都有些燥热的感觉。思堂笑道："文少爷，这里坐着的太太小姐们你难道一个都不相识的吗？否则，你不是也可以到舞池里去欢舞一次吗？"

"不认识，真的一个也不相识，其实还是这样子看人家跳舞比较有兴趣一点。"世雄虽然事实上很感到单调，但口里还装作毫不介意地回答。

就在这个时候，忽然见左边走来一个花枝招展的女子，思堂一见，慌忙立起身子，向她叫一声太太。世雄见思堂这样恭敬的态度，遂不免也站起身来，望了她一眼，原来是七姨太太陆露茜。因为她的秋波水盈盈地瞟着自己，而且还甜甜地微笑，就也向她招呼了一声"司令太太"。露茜一面点头，一面对思堂说道："黄副官，司令在大厅里叫你。"

"哦！文少爷，那么我少陪了。"思堂答应了一声，向世雄弯了弯腰，便匆匆地走了。这里就只剩露茜和世雄两个人，世雄因为她并不走开，大家若都这样子呆站着，这也不是一件事情，所以为了合乎人情的意思，不得不摆了摆手，说道："司令太太，今天你辛苦了，要不要你在这里坐一会儿？"

露茜嫣然地一笑，她点了点头，便在世雄对面那把沙发椅子上坐了下来。在她刚坐下之后，就有一个丫头似的小姑娘，好像预先知道她要坐下似的，走了过来微笑道："太太，你在这里吃吗？我给你把刀叉都换清洁了。"

露茜点了点头，向她说先拿一杯咖啡来喝。世雄对于她家里女仆训练得这样的精密仔细，心里不免感到有点儿奇怪，不禁回头向露茜望了一眼。露茜的秋波也正瞟着过来，四目在接了一个正着之后，露茜还向他甜蜜地一笑。世雄这就感到很不好意思，全身一阵子燥热，他的脸上感到热辣辣的局促不安起来。他此刻有些糊糊涂涂的，在他无非要表示自己并不局促的意思，所以他很自然地拿出烟盒子来，送到露茜面前，笑道："司令太太，你吸烟。"

露茜接过了烟卷，点着了火，她在吸了一口烟卷之后，秋波横了他一眼，笑道："文少爷，我真不懂你的意思，原来你身上自己也备着烟盒子，那么刚才我给你吸烟的时候，你为什么说不会抽烟？难道你嫌我家的烟卷牌子不好吗？"

露茜这几句话真的把世雄问住了，在他的意思是为了避免局促才把烟卷拿出来敬客的。谁知道本来已经很局促不安，此刻这就更加的局促不安起来了。在他心中一急的时候，倒被他急出一个主意来了，遂连忙解释道："不，司令太太，你不要误会我的意思，其实我是有一个缘故的。"

"你有什么缘故？我倒要你说出来给我听听。"露茜乜斜了媚眼，瞅住了他娇声地问，在她这一种态度里至少是包含了一点诱惑的成分。

世雄在无可奈何的情形之下，只好低低地说道："司令太太，你不知道，因为我还是个学校里读书的人，父亲对于我吸烟，他是很不赞成的，所以我在父亲的面前，不得不装出不会吸烟的神气来，所以对于这一点，还得请你原谅才好。"

露茜对于他这两句谎话表示很相信，不过她抿嘴扑哧的一声笑出来，说道："原来是为了这个缘故，那倒是真的怪不了你，不过你这样怕父亲，我认为你倒是一个很孝顺的儿子。"

"哪里哪里，不过一个年轻的人，吸烟本来不是一件正当的事。"世雄被她半认真半取笑地说得脸通红起来，只好竭力镇静了态度，低低地回答。

露茜道："不过吸吸烟卷那也算不了一回事，只要不抽大烟也就罢了。文少爷，你今年多大年纪了？"

"我已经二十岁了，可是马齿徒增，却一无技能，司令太太，我觉得十分惭愧。"世雄微笑着回答，他表示十分谦虚。

"那是你太客气了，唉！"露茜轻声地说了这一句，接着却叹了一口气。

"司令太太，你为什么叹气呀？"世雄心中有些奇怪地问。

就在这个时候，丫头碧桃把一杯咖啡送上来，还有一盘火腿鸡丝的吐司，露茜向她说道："碧桃，你不用在这里侍候了。"碧桃应了一个是，便悄悄地退了下去。这时世雄忍不住又好奇地问道："司令太太，今天该是你最快乐的日子，为什么你却好像有心事的神气？你看，这许多来宾为你而庆祝着，为你而狂欢着，这不是你的光荣吗？"

露茜摇了摇头，用了哀怨的目光瞟了他一眼，低低地说道："我以为这些外表形式上的欢乐，更加衬托我内心的郁闷和悲哀。唉！你们外界不明白的，如何能知道我心中的痛苦？"

世雄虽然知道她内心中苦闷的缘故，但他还装作不明白的样子，问道："司令太太，像你这样高贵的地位，真不知有多少的人在羡慕你，谁知你心里也会有苦闷的事情，那叫我倒有点奇怪起来了。"

露茜听他这样问，她心中有点儿酸楚，几乎欲盈盈泪下的神气，说道："文少爷，请你不要再拿司令太太这个名词来称呼我，因为我听了不但没有感到一点儿荣幸，而且还觉得无限的痛苦。唉！所谓司令太太，也不过是人家第七个姨太太罢了。"

世雄想不到她会说出这一句话来，因此望着她的粉脸儿倒不禁愕住了。暗想原来露茜并不满足她目前的生活，那么她倒也是一个别有怀抱的女性了，遂说道："那么我该称呼你什么？还是叫你陆小姐吧。陆小姐，请你不要这样说，其实这些名义也无非是一个形式而已，在我的意思，那倒也不用在乎。"

"我以为你这些安慰完全是空虚的，虽然说妻妾的名义，无非是一个形式而已，然而在我现实问题上又何尝没有分别呢？你想我是一个才十九岁的姑娘，他是一个已经五十朝外的老头子，试问你在这样年龄悬殊的情形之下，人生还有什么乐趣可说吗？"露茜却毫不顾忌地向他说出了这些话。

世雄听了，心里倒是突突地一跳。他沉默了一会儿，方才说道："今天是你欢喜的日子，我们不要再谈这些无聊的话吧！陆小姐，我们还是吃菜。"

露茜苦笑了一下，她在喝完这杯咖啡之后，忽然站起身子来，说道："文少爷，你听这一曲音乐太令人兴奋了，我们去欢舞一次好吗？"

"陆小姐，我很冒昧地说一句话，会不会给旁人说闲话呀？"世雄见她向自己求舞，心中这就有点儿为难，假使不答应吧，也许叫人家心中生气；假使答应吧，被外人知道了，传到司令的耳里，不知道会不会发生什么意外，他在这样委决不下之际，遂向她低低地问。

"跳舞本是宴会上一种交际，那有什么关系？你不要胆子太小了。"露茜却显出大方的样子，瞟了他一眼，毫不介意地回答。世雄心中暗想这话倒也不错，遂笑了一笑，和她一同到舞池里去了。

"文少爷，我想不到你的舞步竟这样的精熟，大概平日也很喜欢跳舞吧！"露茜偎在他的怀里，微仰着粉脸儿，含笑问。

"不，我平日也不常跳舞，除非开同学会的时候，几个同学偶然感到有兴趣的时候跳一回罢了。"世雄低低地否认，他感觉上似乎露茜对他很亲热，在亲热之中还有点爱的表示。照理，一个女子有这一种热爱表示，无论在哪一个男子的心中都是感到欣喜的，不过此刻世雄的心里却相反地感到不安，在不安之中还有点害怕，所以他的态度是保持着十二分的正经。

"照你这么说，你学校里的女同学一定也很不少。"露茜因了他的一本正经，似乎更感到他的可爱，忍不住有趣地问。

“我们一班里有十几个。”世雄依然很认真地回答。

“我想其中至少有一个是你心爱的情人。”露茜瞟了他一眼，她的意态是特别的妩媚。

“没有。这一句话，陆小姐，你开我的玩笑了。”世雄脸上有点儿发烧，显然他还有点儿难为情。

露茜噘了噘嘴，显然她是有点儿不相信。世雄觉得她不相信，自己也没有加以辩白的必要，所以笑了一笑，也不说什么了。一曲音乐完毕，大家悄然归座。露茜望着世雄白净的脸庞儿，真是越看越爱，她很想把内心的热情毫无顾忌地爆发出来，但是在这大庭广众之下，她又怕受人注目，所以她心生一计，忽然蹙了眉毛，哎哟了一声，把手儿去按住了额角。

“陆小姐，怎么了？你觉得有点儿不舒服吗？”世雄不解其意地问。

“不知怎么的，我竟有点头晕，也许是里面空气太闷热的缘故，我想到花园里去透透空气。”露茜很娇媚地回答，这意态令人有点爱怜。

“也好，那么陆小姐你请便。”世雄点了点头说。可是露茜却并不站起来就走，她还坐在桌子边，微蹙了双蛾凝望着世雄，大有怨恨的样子。世雄还不明白她是什么意思，乃至仔细一想，这才理会过来。他有点心跳，虽然他是抱定主意不愿陪她一同到花园里去，可是在她两道水波样眼睛凝视之下，他竟消失了反抗的勇气，到底不待她的开口，便低低地说道："陆小姐，你先出去一会儿，我喝完了这杯酒就出来陪你。"

露茜这才嫣然一笑，站起身子来向外面移步走出去了。世雄等她走后，他一颗心更加忐忑地乱跳起来。心中暗想：看她那种举动恐怕有爱上我的意思，但是她已经是沈司令第七个宠妾了，我怎么还能够去接受她的热爱呢？万一被这个老沈知道了，那我不是自取大祸吗？想到这里，他真不敢站起身子也走到花园里去。但是我不出去，叫她一个人在花园里等，她的心中一定是要生气的。世雄经过这一阵左右为难的考虑，已经费去了不少的时候，不过他自己是并不知觉，所以等他走出小船厅，露茜在外面已经是等得很不耐烦了。她匆匆又走进去要叫世雄，因此在走廊里就撞了一下。露茜见了世雄，又爱又恨还给他一个白眼，这白眼是有点娇媚的风采，生气地说道："你喝这半杯酒的时候倒着实不少，叫我一个人等在外面不心焦吗？"

"对不起，因为我兴趣太好了，所以喝完了半杯，又来了一杯。"世雄向她弯了弯腰，很抱歉地回答。

露茜对于他这两句话，倒又抿嘴好笑起来，说道："你

35

为什么兴趣要这样好呢?"

"这还用说吗？当然是因为庆祝你寿辰的缘故。"世雄猜摸到女子的心理，所以他是竭力地奉承。真的，这句话听到露茜的耳里，她心中不免荡漾了一下，笑了一笑，一面挽了他的手臂，向那边树丛里走，一面低低笑道："其实我还只有十九岁的小生日，那是谈不到什么庆祝两个字的，倒是你二十岁生日的时候，真的应该要热闹热闹的。"

世雄见她索性挽了自己的手而行，他一颗心固然是跳跃得厉害，就是他全身细胞也会感到极度紧张起来，颤声地说道："我的生日已经过去了，其实在这个年头……"说到这里，觉得以下的话，多少会给她有点儿刺激，于是停了一停，不再向下说了。

露茜倒并没注意他这几句话，她把手儿又去握住世雄的手，两人在一棵梧桐树下站住了，她微笑着道："文少爷，你为什么说话有点儿发抖？难道你心里感到冷吗？"

"不，我并不是感到冷，我是感到有些怕……"世雄摇摇头回答。

"你怕什么？傻孩子，这虽然是一枝插在瓶内的桃花，但它不是玫瑰，你放心，她绝不会刺痛你的手。"露茜明白他这句怕的话，向她娇媚地回答。

"不过这枝桃花是已经有了她的主人，我若把她拿取了，当然她的主人会给我打击，所以我是绝不敢……"世雄也用妙语去回绝她，表示不肯接受她爱的意思。

　　露茜有点悲哀的感觉，她没有说什么，垂下了头，接着她的粉颊上挂了几点晶莹的泪水。在月光的笼映之下，她的粉颊自然格外楚楚可怜，虽然对于她的身世感到同情，世雄却没有勇气来安慰她。露茜见他默不作声，遂抬起头来，忽然抱住了他的身子，说道："文少爷，不，我要叫你一声名字，世雄，你……太使我感到可爱了。我自从见到了你，不知为什么缘故，我的一缕情丝就紧紧地系住在你的身上，我觉得假使有谁来阻止我的爱你，那还是叫我爽爽快快地死了比较痛快。所以我已压制不住热情的爆发，我大胆地说，我需要爱你。世雄，你是一个二十岁的青年，我是一个十九岁的姑娘，难道我们就不是天生的一对吗？世雄！请你可怜我的遭遇，所以你千万要给我一点儿安慰，我就是为你而死了的话，我也很甘心的了。"露茜一面说，一面把粉脸儿偎到世雄的面颊上去，好像有点疯狂的样子。

　　世雄被她这样一来，他一颗心儿的震动，几乎要从口腔里跳出来了。虽然被她的热情有点融化得糊涂了，但他的脑海里还没有忘记雪华这一个姑娘，所以他把露茜的身子用力地推开了，用了严正的态度，说道："陆小姐，对不起得很，并不是我没有一点儿同情心，因为你是一个司令太太，你有着高贵的身份，你有着超越的权力，固然我们是应该服从你的命令，不过我是一个有思想的青年，我不能为了你的需要，而出卖自己的人格。司令太太，我非常抱歉，虽然你是具有引人美色的魔力，但我绝不能给你在情场中当作俘虏。"世雄鼓足了勇气，向她说出了这一篇话，别转身子，便匆匆地要走了。

这是露茜做梦也想不到的事情，世雄竟会不受自己色的迷醉而毫不留恋地拒绝了。因为心中感到奇怪，所以她并不以世雄给的侮辱而感到羞耻，反而把世雄一把抓住了，冷笑了一声，说道："世雄！好，你这个抬举不起的东西，你既然知道我有超越的权力，那么你违抗我的命令，你难道不怕犯罪吗？"

世雄被她拉了回来，又见她这样凶恶的样子，心里倒是吃了一惊。但他立刻又镇静了态度，冷笑道："现在世界虽然是不同了，但我想法律终不至于会都改变了吧！司令太太，我请教你，你可以说我是犯了什么罪呢？"这一句话把露茜问得哑口无言，愕住了一会儿后，却是扑簌簌滚下泪来。女人家的眼泪是最会打动男子感情的东西，世雄被她一哭之后，他刚才这一股子勇气却又消失了，反而走上一步，低低地说道："陆小姐，我劝你应该想得明白一点儿，因为爱情这样东西是绝没有丝毫勉强的，你虽然爱我，但我不爱你，这……如何能成功呢？"

"你这话虽然不错，但我心中有些奇怪，像我这样年轻貌美的姑娘，难道还够不上资格来配你的相貌吗？"露茜在这个时候，她把一切羞耻心已完全地忘记了，泪眼盈盈地凝视着他脸儿，竟问出了这句有趣的话。

世雄听了，几乎要笑了出来，但他又竭力地忍熬住了，说道："陆小姐，你这话说错了，同时你也误会我的意思了，其实我的意思，并不是你够不上资格来爱我，实在是我够不上资格来爱你。这不是我的客气，你应该明白你是一个司令的太太，假使你……"

露茜不等他再说下去，她忽然倒又破涕为笑了，很快地接着道："我明白了，我知道了，假使我不是一个司令的太太的话，是不是你会答应我的爱你？我想这是很便当的事情，为了爱，为了这伟大的爱，我可以脱离这个司令太太的地位，和你去做一对圆满的鸳鸯，不知你有勇气来答应我吗？"

世雄虽然觉得露茜对自己确实有着一片热爱的痴心，不过在这个环境之下事实上是有着一万分的困难。所以他想了一会儿之后，还是摇了摇头，说道："但是你要知道在沈司令的势力范围之下，我们是否能够逃得过他的手掌之中？陆小姐，所以我劝你把心中的热情应该压制一下，虽然承蒙你这么看得起我，可是我要为我的前途打算，我不能为了一时盲目的相爱，而牺牲了彼此的幸福。万一被他捉拿住了，这不但害你害我，而且更要害了我的父母。所以你假使是真正爱我的话，那你一定会替我的前途着想，而原谅我心中这一点苦衷。"

露茜听他这样婉转地说着，一时仔细地想想，也觉得很有道理，不过自己的意思，并非真的要和他实行情奔，这一点倒叫自己不能明显的表白。因此呆了一会儿，方低低地说道："世雄，我当然原谅你，不过你也要原谅我，并不是我不知羞耻，但你应该知道人是性的动物，若没有真实的慰藉，试问你她的内心是怎么样的痛苦？所以你不能使我失望，在可能情形之下你终要尽一点安慰我的义务。"露茜说到这里，忽然伸张了两手，将世雄脖子紧紧地抱住了，在他嘴儿上就这么凑合了。

世雄到底不是一个鲁男子，在这场合之下，他还有什么勇气来拒绝？谁知正在这个时候，忽然远处有噼啪的枪声，接着那边大厅里就发出了捉凶手的喊声。这分明是出了乱子，两人心中这一吃惊，才把两片嘴唇分开了。

三　促膝谈心噩耗惊人魂

露茜抱住了世雄正在热烈接吻的时候，忽然听到了砰砰的枪声，这就惊得他们不由自主地分了开来。世雄还以为自己的秘密被沈司令部下发觉所以开了枪，他急得苍白了脸色，向外就奔。露茜待要拉住他，但已经来不及了，虽然心头有点怨恨，不过在这一吻之后，她的脑海里对世雄就更有一个不可磨灭的好印象了。原来露茜被沈司令接吻的时候，只觉满面胡子，而且还有呕人的口臭，固然没有一点儿甜蜜的感觉，而且简直叫自己的隔夜饭也会吐了出来。此刻和世雄的一吻，真是又温柔又大方，说不出的美妙，说不出的甜蜜，和沈老头子那种讨厌的举动相较，这真是天壤之别了。她一面想，一面暗暗地计划着以后的办法，同时她身子也一步一步回到小船厅里去了。

世雄奔到大厅的附近，只见黄副官带领了二十来个卫队，雄赳赳地押了一个青年大汉走出来。因为是在夜里，虽然看不清楚那大汉的面目，但他脸上是染了不少的血渍，猜想起来大概是捉获后被打起的伤痕。一时才定了定心，知道真的是有了刺客。这个刺客当然是个热血分子，他看不上沈司令为了一个爱妾而大肆庆祝的举动，所以才前来行刺的。或许他是个三民主义青年团团员，趁此机会来除掉几个汉奸。所可惜的，是他没有如愿，而自己却恐怕要杀身成仁了。世雄想到这里，他已忘记了他父亲的地位，深深地叹了一口气，对那被捉的大汉，却表示十分的同情。

世雄走进大厅里，只见里面来宾们都十分的混乱，神色慌张，大家都有些坐立不安的样子。因为刺客虽然捉到了一个，但这样大的公馆里，到底来了多少刺客，根本难以猜测，万一不止一个的话，那么大家简直都有吃枪弹的可能。这些汉奸们都是胆小如鼠的朋友，所以在这样议论之下，大家都预备打道回府，不敢再在这里留恋了。这时邦杰从人丛里钻出来，一见世雄，好像落了一块大石似的放下心来，很慌张地说道："世雄！世雄！你……你没有什么吗？啊，真是谢天谢地，我想去叫你的母亲、妹妹，还是一同回家去吧！若再在这里吃酒，恐怕也是食而不知其味的了。况且……况且，这也真太危险了。我想准定回去，准定回去吧！"

世雄见父亲急得失魂落魄的样子，一时倒忍不住暗暗地好笑。遂说道："父亲，刺客不是已经捉到了吗？还怕得这个模样做什么呀？"

　　"唉！你这孩子懂得了什么？刺客我想绝不止一个的，万一砰砰地再来开几枪，那不是死得太冤枉了吗？"邦杰见儿子还若无其事的神气，这就唉了一声，他是用了埋怨的口吻，急急地说。

　　"父亲既然这样害怕，那么我们早点儿回去也好。并不是我说这样的话，当初我原不高兴来，可是父亲偏又骂我不见世面，说这种难得遇到的宴会不参加，实在太小家子气。你现在终可以知道了，这种宴会可有好的事情吗？"世雄这会子才觉吐了气，他认为是给父亲一个报复。

　　邦杰这时被儿子像教训似的埋怨了一顿，真是哑口无言，连说了两声好了好了，他便走到女宾席中去叫了文太太和素琴，一面向伯涛辞别。伯涛见散去的贺客也不是他一个人，所以也不便劝留，况且自己的心神也很不定，因此也巴不得大家早点散去。一个欢欢喜喜热热闹闹的宴会，没有多少时候，就变成冷清清寂寞得凄凉了。

　　邦杰等回到家里，文太太很生气地说道："这些卫兵们真是死人一样，司令的公馆会给刺客进来，那不是笑话吗？"

"你倒不用埋怨卫兵们死人，这些间谍都是十分厉害，往往会神不知鬼不觉地混在里面的，就是我们家里恐怕也会来行刺的，所以明天我要好好地训练训练卫队，叫他们千万要小心才好。"邦杰嘴里喷着雪茄烟的烟圈子，他皱了眉毛，显然是十二分地担着忧愁。

"假使要不担这个忧愁，我倒有一个很好的办法。"素琴秋波一转，她好像带了一点神秘的样子，在贡献意见。

"你有什么办法，倒不妨说出来讨论讨论。"邦杰脸上才展开了一丝笑意问她。

"其实这是很便当的一个简单办法。"素琴平静了脸色，表示一本正经的态度，接着说道，"自从抗战到现在，虽然我国沦陷的地方很不少，不过这是局部的问题，得失毫无一点儿有损于我国。至于日本方面，多打一点，人口便少一点，全国的军队都调动到我国，而依然不能打到我们的重庆，可见我国的实力绝不在于日本之下。假使有一天，我们如要抄他的后路，而轰炸他们东京的话，那时候他们一定顾此失彼而大大地感到失败。换句话说，最后胜利，必属于我的一句话，也绝不是一种口头的宣传。假使中央政府真的到了南京，试问你们这一班徒有虚名的要人们是否还能继续神气活现下去？我想那时候你们都成了叛逆，都成了汉奸，什么主席、司令、处长，恐怕一个一个都有斫脑袋的危险，所以我劝父亲你要把眼光放得远一点，要知道短时期的享福是不久长的，一个人终要求实际的幸福，那才是正理。父亲假使认为我这些话尚可一听的话，那么我劝你还是快点儿洗手不干，免得提心吊胆的老是忧愁。父亲，常言道，悬崖勒马，回头是岸，所以你若能脱离这个罪恶的圈子，上可以对得住祖先，下也可以使子女们不感到一些痛苦。要晓得我们在街上走的时候，被人家指点着一句这是某汉奸的儿女，唉！这是多么可耻的一件事啊！"

邦杰想不到女儿有这样大的胆量，会毫不顾忌地说出了这一大篇的话来。起初他是无限的愤怒，脸色也异常的紧张，他要恶狠狠地把女儿来责骂一顿。不过听到后来，他的脸色由愤怒而转变为痛苦，而且好像还浮了一点儿悲哀的成分，口里也不住地叹气。世雄以为这次父亲一定大发雷霆，妹妹至少要挨一顿痛骂，谁知父亲却有点深悔的神气，觉得父亲已经暴露了他的弱点，于是乎也接着说上去道："父亲，妹妹这些话，虽然在父亲的面前是放肆了一点，但实在也是对父亲一片爱护的苦心。虽然说你们是为了维持地方上的治安，但说穿了，当然还是日本人的帮凶。况且趁火打劫、拿了鸡毛当令箭的无知人们也不在少数，那么可怜一班老百姓，已经在日本铁蹄下受尽了痛苦，而且还要在一班走狗们的暴力下受尽剥削，你想人民的怨恨如何会消灭？一个国家最怕是民心不死，假使民心一死的话，其国必亡。现在我从多方面暗暗地窥测，觉得中国的民心还是十二分的活跃，虽然敌人是这样的残暴，然而这是表面的屈服，内心一定还是存了反抗的勇气。父亲，我曾经听到一个三岁小孩子的话，他是由母亲抱着经过一家玩具店，小孩子要买木质的手枪游玩，他的母亲不肯，但小孩子却说买来可以打日本人。我从这一点猜想，可见中国人民是绝对不会做亡国奴的。纵然这些陈旧的落伍的甘心情愿出卖祖国去做走狗做帮凶，但终有一天新陈代谢的时候，我们年轻的还会起来反抗，创造新的中国。"

世雄说得有点忘记了一切，他不管放了和尚面前骂贼秃，他要说的话就这样痛痛快快地说了出来。邦杰在瞪了他一眼之后，大声地喝了一句"胡说"，但以下的话却再也说不出来。虽然这是在儿女们的面前，他的两颊也会涨得像喷血猪头一样通红。接着他又深深地叹了一口气，表述事实上是万分困难的意思，说道："你们年轻的小孩子懂得些什么？常言道，做了马儿，不怕你不吃草，这叫作骑虎容易下虎难。"

"不过我以为这还是在一个人有没有决心的问题，假使有决心的话，那么天下就没有什么为难的事情了。"世雄还是俏皮地去刺激他。

文太太在旁边听了许多时候，她也忍不住插嘴说道："我见刚才有人行刺的一回事情，这确实是太危险了。假使做了平头百姓的话，哪会遇到这一种危险的事。所以我想你就不妨考虑，能可以不干的话，就决定放弃吧！我们回到乡下去，买上一二百亩田，过过生活，难道还怕饿死了不成？"

文太太说的话当然和他们的观点是完全不同，邦杰并没有十分注意，呆呆地想了一会儿，方才说道："时候不早，你们大家可以睡了，这些事谈何容易，待我慢慢地考虑考虑再说吧！"

世雄听父亲这样说，显然他的一颗心至少有些动摇，那么也不必逼之太急，遂对素琴说道："妹妹，我们去睡吧！"兄妹两人遂走出了上房。素琴笑道："哥哥，我看父亲这次好像有点醒悟过来了。"世雄点了点头，但又显出为难的模样，说道："就只怕他是一时的觉悟，同时还有一个问题，就是说骑虎容易下虎难，你已经做到了这个地位，要洗手不干，敌人也不会允许你辞职的，所以这的确是件难事。"

素琴听了，也觉得这是一个大问题，凝眸含顰地沉思了一会儿，说着："那么我们可以不辞而走的，在他们不防之间，悄悄地溜走了，岂不是好？"

"可是捉到了，性命也难保，父亲肯不肯冒这个危险，这也是一个问题。只怪当初我们年龄太小，假使有今日这样的年纪，我绝不使父亲去堕入这一个永远洗不清的罪恶苦海里。"世雄说到末了，忍不住凄凉地叹了一口气。

素琴没有回答什么，她望着天空中一钩眉毛似的新月呆呆地出神。夜风吹在身上的时候，也会感到一阵无限的凄凉。兄妹两人站了一会儿，遂各道晚安回房去睡了。

这天晚上，世雄睡在床上又不免想起心事来了。沈司令的七姨太，她竟会看中到我的身上来，这真是一件出乎意料的事情。她那种放浪不羁的热情，真令人有点儿神魂颠倒。像我这样有理智的青年，到底还不能十分拒绝她于千里之外，倘然换作了别人的话，还不早给她作为情场中的俘虏了吗？想到这里，觉得女色魔力之大，实在可以左右一切。他此刻的嘴唇上好像还有一点温情的暖意，鼻中似乎还闻到了一阵脂粉的幽香，因为自己和女人还是第一次有这样的亲热，这当然是很耐人寻味的。可是想到她是司令的太太，若和她接近，恐怕有害于自己的时候，他的脑海里立刻会映现了李雪华的情影。她是一朵洁白的茉莉，既有阵阵的幽香，而又没刺人的梗枝，那么我确实是需要她的慰藉，来振奋我青年上进的精神。世雄在这样考虑之下，他是决心明天下午到城外去探望李雪华了。

老天总算是很帮忙的，第二天下午天气特别好，太阳暖烘烘地照着大地，觉得十分的舒服。世雄把雪华这一块包扎自己伤处的围布先洗净了，然后带在身旁，踏了自由车，匆匆地出城去了。自由车经过河埠头的时候，世雄不免向那边望了一眼，虽然河埠头是很寂静的没有一个人，可是他的脑海里好像有个姑娘的背影，拿了木棍子在敲衣服。当自由车驶进了村子，忽然前面那两条猎狗又凶恶地奔上来，汪汪地狂吠。世雄因为那天听见雪华叫过狗的名字，遂也叫了一声乔利，说也奇怪，那两条猎狗好像知道了一样，便掉头回去了。就在这个时候，竹篱笆的院子门里奔出一个姑娘来，口里还连声地叫着哥哥。当她见到世雄的时候，便咦了一声，笑着说道："我道是哥哥回来了，原来却是文先生。"

世雄一见雪华，便连忙跳下自由车来，含笑说道："李小姐，你没有出去吗？我真担心你不在家里，叫我扑了一个空，是多么的失望。总算给我遇到了你，我心里真是高兴。"

"其实我是在家里的日子多，不常到外面去玩儿的。文先生，你脚踝上的伤好点了没有？我心里真替你担忧。"雪华乌圆眸珠一转，笑盈盈地回答，从她这一种表情上来看，就可以知道她是十分的喜悦。

"真的吗？李小姐，你为我的伤处而担忧，那我真是一万分地感谢你。"世雄对于她这几句话，心中是只觉得甜蜜蜜得不由得一阵子荡漾，那语气是特别的兴奋。

雪华在说这句话的时候，自己原也并不感觉怎么样，被世雄这么一衬托，才理会到一个女孩儿家对一个初交的男朋友似乎说得有点过分的密切，因此她全身一阵燥热，两颊会浮现了一层桃花的色彩。不过她还竭力镇静了态度，微微地一笑，说道："文先生，那么我们请里面坐吧！"

随了她这一句话，两人一同走进院子里。世雄把自由车安放在一株梧桐树的旁边，跟着雪华走进草堂。她摆了摆手，说了一声请坐，便去倒了一杯茶来，放在茶几上，她自己却坐到对面的椅子上去。从这一点看，觉得雪华倒是一个幽静的姑娘。世雄拿了杯子，微微地喝了一口茶，说着："李小姐，你爸爸今天没有在家里吗？"

"是的，爸爸看朋友去了。"雪华低低地回答，她好像在想什么心事般的。

"这样你不是只有一个人在家里吗？我想你倒是很冷清的。"世雄有一搭没一搭地搭讪着。

"倒也不觉得冷清，我一个人坐在家里看看书写写字，也可以解个闷儿。"雪华笑了一笑，那种意态是令人有些可爱。

"李小姐喜欢看哪一种书本？我想你对于文学上一定很有研究。"世雄和她书生气十足地说。

"像我这种乡下女子哪儿谈得上什么文学两个字，无非看几本小说解个闷儿罢了。"雪华唉了一声，转着秋波，很自谦地回答。

"李小姐，你客气了，况且你从前也是女子中学里读书的，那么也可以说是个女学士。"世雄是一味地奉承，虽然言之过分，而实际也无非是博得雪华的欢心。雪华扑哧一笑，秋波乜斜了他一眼，说道："文先生，你说这句话倒叫我有点不好意思了。"

世雄笑了笑，又把杯子拿着喝了一口，他似乎在思索着谈话的资料。虽然她家里父兄都不在，照理应该可以随便一点，不过世雄对于雪华却不敢有轻视的意思，他怕自己说的话有得罪雪华的地方，使她心里要不高兴，所以倒反而格外受到拘束了。

雪华见他拿了茶杯，两眼望着杯内的茶叶片出神。两人这样呆呆地坐着，若彼此不说一句话，那也不是一个道理，雪华觉得自己一个主人的地位，那么应该先开口再和客人谈谈，遂微笑道："文先生平日喜欢什么消遣?"话虽这样问了出来，可是雪华自己也觉得有点无聊。

世雄道："我也没有什么特别嗜好，除了喜欢弄弄音乐之外，空下来也看看小说解闷。"世雄后面这一句话至少还是有点迎合雪华的意思。

雪华真的很高兴地笑道："真的吗？文先生，你喜欢看些什么小说呢？"世雄道："小说也分几种的性质，有侦探，有社会，有武侠，不过终脱离不掉男女间的爱情问题。"

雪华听了微红了两颊，哧地一笑，说道："真实小说既是人生的缩影，也是社会的写照，所以男女间的事情那是免不了的。"

"可不是吗？……"世雄这么说了一句，觉得以下的话有点难说，这就微微地一笑，忽然想到了什么似的，啊哈了一声，在袋内摸出那方围布来，说道，"闲话说了许多，我几乎把这一块围布忘记还给你了，还有一点血渍没有洗干净，真是抱歉得很。"

"啊呀，你还要洗干净来还我，其实这一方粗布不还给我也算了。"雪华这回站起身子来，走到世雄的面前，接过那方围布笑着说。

"已经给你弄脏了，怎么还可以不还给你呢？"世雄说着，也站起身子来。他看了看手表，好像预备要走的样子。雪华这就说道："干吗看时钟？预备回去吗？时候还早，文先生，你多坐一会儿，我爸爸也许就可以回来了。哦！我去弄点点心来给你吃。"雪华似乎还恐怕招待不周,她转身欲到厨房里去的样子。

世雄这才走上一步,拉住了她的手,在他的本意,原是要阻止她到厨房里去。雪华见他来拉自己,不免回过头来望他一眼。世雄被她这一望,心中有点不好意思,立刻把手放下了,他红了脸,急忙说道:"李小姐,你不要太客气,我一些儿也不饿。"

"那么你就再坐一会儿吧!"雪华用了温柔的口吻,意态显现着无限的多情。世雄抬头向窗外望了一望,沉吟着道:"今天的天气很好,假使到村前散一会儿步,我想比屋子里坐着一定是有兴趣得多。"

雪华对于他这两句话,心里早就明白他的意思,遂笑道:"文先生,你假使有兴趣到村前去散一会儿步,那么我就不妨奉陪你。"

"不过你府上一个人也没有,那也不好的,如果你爸爸回来找不着人,心里不是要生你的气吗?况且万一来了偷儿,这可怎么办?"世雄听她这样说,满心眼儿里虽然是充满了甜蜜,但表面上还显着很关怀她家中的意思。

雪华微笑道:"没有关系,这里村中的居民,大部分都有正当的职务,所以纵然夜不闭户,也不会有什么东西失窃的,所以在白天里,那是更没有问题的了。"

"既然这样说，我们就不妨去散一会儿步。"世雄一面说，一面已把身子向外走了。待雪华走出院子，世雄已扶了自由车的身子。雪华道："文先生，你把自由车也推着去吗？"

"放在院子里会不会……哦哦哦，我这人真健忘，你们这里村民是很规矩的，那么我回头再来拿吧！"世雄问到这里，猛可理会过来，觉得自己未免太小心了，因此又哦哦了两声，接着含笑补充了这两句话。

雪华瞟了他一眼，笑道："你带锁了没有？把车轮锁住了，比较更靠得住一点。"

世雄点头说是，锁了车轮，方才和雪华一同步出院子的大门。两条猎犬见了雪华，摇头摆尾地走了过来。雪华说道："乔利，你们好好看守家里不许走开。"

说也奇怪，那犬好像懂得人语似的，便走到院子大门口去坐下了。世雄见了，忍不住笑道："李小姐，你们把狗训练得这样懂事，家里确实不用关门的了。"

雪华没有作答，只微微地一笑。两人默默地走了一截路，前面是一条河流，两旁植着树木，叶子碧油油的十分茂盛。世雄道："李小姐，假使坐了一只小船，大家在河流里慢慢地划行，那一定是十分的有趣味。"

雪华道："你要划船吗？我们原有一只小舢板，系在河埠头，因为我们久住乡村也玩厌了，既然你有兴趣，那么我们就不妨去试一试。"雪华可说是处处地方都迎合着世雄的意思，这使世雄真感到她的温柔可爱，忍不住连说好的好的，于是两人便走到河埠头坐船去了。

舢板是很小的，两人坐在一起，几乎已经偎住了。世雄划着木桨，是特别的兴奋，河里游着的鸭和鹅都吓得叫着逃开去。因为划得太有劲了，水波飞溅起来，湿了两人满头满面，雪华啊哈了一声，急得世雄连忙停划了，连问怎么了。雪华咮咮笑道："你划得太有力了。"

"对不起，对不起。"世雄一面说，一面拿手帕来给她擦揩脸上的水珠。雪华对于他这种举动，虽然感到有些难为情，不过自己芳心里对他因为有一种好感，所以在羞涩之中也包含了一点喜悦的成分。

雪华道："我们还是慢慢地划吧!"世雄望着她粉脸儿，很得意地笑道："好的，我们一面划，一面谈谈。"雪华笑道："你看这河水倒也很清洁，我们影子不是映得很清楚吗?"

"可不是! 可惜没有带着快镜，否则把这一对俪影摄在里面，将来留个纪念岂不是好吗?"世雄有些情不自禁地回答。

雪华听他这样说，粉脸儿一红，却是垂下头来。世雄见她好像有点不快的样子，一时倒暗暗焦急，懊悔自己不该这样放肆。心里想着：不过我所以到此来望你，老实说，当然是为了爱你的缘故，假使你没有什么爱我的话，那叫我也好死去了一条心。世雄在这样思忖之下，索性老了面皮，伸手去按她的肩胛，一面拉了她的纤手，低低地问道："李小姐，你心里有点儿不高兴吗？"

雪华被他这样一问，知道他是误会了自己的意思，这就慌忙抬起头来，低低地笑道："不，我为什么要不高兴？假使我心中不高兴的话，我还会陪你出来一同划船游玩吗？"

世雄点了点头，笑道："你这话对了，不过我心里就怕你会生我的气，所以我虽然有许多的话要对你说，可是却又不敢对你说出来。"

雪华细细回味他这两句话，觉得至少有些神秘的作用，俏眼儿乜斜了他一眼，含笑问道："你这话倒有些奇怪了，我以为只要不是犯法的话那有什么不敢说出来呢？文先生，你说对不？"

"不错，不错。"世雄连说了两句不错，望着她粉脸忍不住憨憨地傻笑，心中暗想雪华倒是一个挺会说话的姑娘，也许她的芳心里也需要自己向她说出那些求爱的话来，于是胆子就大了一点，想了一会儿说道："李小姐，自从那天和你遇见之后，我就觉得你这位小姐十分热心，而且也十分有侠义之气，所以我除了深深的敬佩之外，心中更有一种说不出的爱意……"说到这里，他自己的脸也微微一红，连忙又说下去道，"在这里我还不敢说到爱之一字，总而言之，我是表示无限的好感。李小姐，所以我抱了一万分诚意要想和你交一个朋友，不知你心里会不会讨厌我这个人？"

雪华咦了一声，她红晕了娇靥，秋波逗给他一个媚眼，笑道："我记得你妹妹已经向我这样客气过，我好像已经回答过你妹妹，像我这样乡下女子，能够交得到你们这样朋友，那还不是我的幸福吗？所以只要你们不讨厌我，我是欢喜还来不及的。"

"这是妹妹问你的话，或许你喜欢和妹妹交朋友，却不喜欢和我交朋友呢？"世雄虽然心里已经很得意了，但他表面上还故意这么说。

"这不是一样的吗？我想一个人在世界上朋友是多多益善的，不过话也得说回来，益者三友，损者三友，近朱者赤，近墨者黑，交朋友也大有关系哩！"雪华一本正经的态度回答。

世雄觉得雪华这姑娘说话是相当厉害的，这就点了点头，笑道："李小姐，那么我问你，你觉得我这人和你交了朋友，对于你到底是有损还是有益呢？"

"这个……"雪华说了两个字，她笑得弯了腰儿，接下去道，"我以为这是要问你自己的，你觉得和我交了朋友之后，是否对我有什么损害呢？"

世雄很正经地道："我想像我这样青年，虽然不能说是个尽善尽美，但到底也没有十恶不赦，至于要害人家的心理，我可以保证是绝对没有，所以你请放心，我绝不会对你有不良的存心。"

"这个我似乎也有点看得出。"雪华微微一笑，她不假思索地回答。

"真的吗？李小姐，你也知道我是一个好人吗？"世雄十分惊喜地说，他有点忘乎所以地把她手儿拉住了。

雪华被他这样突然的举动，心中也有点儿不好意思。不过她被世雄握住了手，却也并不挣扎，瞟他一眼，没有回答他什么话，只报之以微笑。两人握住了手，默默地凝视了一会儿，雪华别过脸儿，却慢慢地垂下了螓首。

过了一会儿，雪华又别过脸儿，望了他一眼，含笑问道："文先生，你今天下午怎么倒有空闲工夫来望我？难道学校里不读书吗？"

"今天下午是两课日语钟点，我心里不高兴上课，所以就来望你了。"世雄低低地回答。

雪华表示很敬爱的样子，说道："文先生，你真是一个爱国的好青年，我心里很佩服你。"说到这里，忽又转变了话锋，笑道，"你看我这人真也有点儿糊涂，连你府上的父母好不好也没问上一声。"

"这是托你的福，我爸妈身体都很好。"世雄欠了身子回答。

"你爸爸叫什么名字？"雪华继续问。

"我爸爸叫文邦杰。"世雄担了一点虚心的样子回答。

"文邦杰。"雪华并无作用地自念了一句，接着又笑问道，"那么你爸爸是做什么贵业的？"

世雄本来已经是担了一点虚心，现在见她又这么自念了一句，他一颗心儿突突地一跳，他的脸会不自然地绯红起来。暗自想道：莫非雪华知道我爸爸是做汉奸的？那么她这一句问话可见明明是故意的，假使我说谎吧，她一定因我不诚实而感到轻视；倘然我从实地告诉了，那么面子上又怎么好意思呢？世雄这样左右为难之下，他真有些难受，臀上好像有千万枚针在刺一样地局促起来。

"咦！为什么不肯告诉我？难道我还没有这个资格来问你这一句话？"世雄这种支支吾吾的态度，当然引起了雪华的疑心，她咦了一声，小嘴儿一噘，这表情显然有点生气的成分。

"不，李小姐，请你不要误会，我哪有这一个意思？"世雄心中这一急，他额角上的汗点像蒸汽水般地冒上来。

"那么你为什么不肯告诉我？"雪华见他急得这个样子，心中不由得暗暗好笑，语气又转温和了许多。

"李小姐，我在没有告诉你之前，先要请你原谅我的苦衷。"世雄好像十分羞惭地说道，"我爸爸他是个处长的地位，不过在我的心里，并不和普通一班人的心里一样以为光荣，我很明白这是令人唾骂，只有无限的可耻。虽然我也向爸爸竭力地劝谏，但爸爸在骑虎难下之情势下，他也是没有办法，所以我是有无限的隐痛。李小姐，你既然知道了后，请你可怜我的环境，你不要轻视我，那我的心中，是够感激你了。"

雪华在听到这一篇话儿之后，心中这才有了一个恍然大悟，暗想：原来他是一个汉奸的儿子，不要管他个人的人格怎么样，不过我和他的环境终是两个的了。本来是满心眼儿的甜蜜和喜悦，但此刻多少感觉有些失望，她粉脸儿笼上了一层暗淡的色彩，低了头儿，却默不作答。

世雄见她并不表示什么意见，所以他是更感到无限的痛苦和焦急，遂凄凉地说道："李小姐，你……你……莫非因此而恨我了吗？唉！我……我也许可以和家庭脱离关系。"

"不，文先生，我不希望你有这样的存心，其实我并不恨你，我也许可以谅解你的苦衷，因为落在这一个环境里，这是没有办法的事情。虽然这是有关于你终身前途的幸福，但你还应该有个深切的考虑。"雪华这些话是有些突兀的，虽然她是有深切的作用，不过她不肯向世雄明显地表白。

　　谁知正在这个时候，忽然见岸上奔来两个男子，向雪华叫道："李小姐，李小姐，你家里怎么一个人也没有？累我寻了大半天。"

　　雪华抬头一见是哥哥的朋友，遂连忙停止了划桨，急急地问他说道："王先生，张先生，你们有什么事情吗？"

　　"你哥哥……被……他们捉住了。"张先生急急地报告，这消息仿佛是晴天一声霹雳，雪华啊呀一声，身子摇摇欲倒，若没有世雄把她抱住，几乎要掉落到河水里去了。

四　仗义救友拜倒石榴裙

　　世雄把雪华抱住了，只见她粉脸儿急成了灰白的颜色，眼泪不由自主地涌了上来。世雄很急地说道："李小姐，李小姐，你把心神定一定，你千万不要着急呀!"

　　雪华这才坐正了身子，她把船头靠近了河岸，站起身子，是预备走到岸上去的意思。岸上张、王两先生伸手把雪华扶上来，他们在岸上低低地说了许多的话，好像在商量什么营救的办法。世雄一面也跳到岸上，一面便走过去听他们说话，但张、王两先生他们向雪华说声再见，便匆匆地走了。

　　这里世雄见雪华呆若木鸡般地站着，粉颊上沾了无数的泪痕，一时心中不由得暗暗地想了一会儿，觉得雪华的家庭显见是有些神秘。她哥哥被人捉住了，这到底是什么缘故呢？这就拍了拍她的肩胛，忍不住开口问道："李小姐,你哥哥到底犯了什么罪,会给人家抓住了呢?"

　　雪华被世雄一问,她不但没有回答,而且眼泪更加扑簌簌地滚了下来。世雄心中奇怪,遂追问道:"李小姐,为什么你不告诉我呢?假使你认为我是你朋友的话,你应该对我老实地说。"

　　"对你老实地说,恐怕也是没有用的。"雪华低垂了头儿,两眼望着自己的脚尖在草地上画着圈子,她似乎在想什么办法似的。

　　"也许我有能力可以帮助你,李小姐,你不妨说给我听听。"世雄放低了语气,他是向雪华温柔地安慰。

　　雪华听到了他这一句话,忽然想到他是处长的儿子,那么在这一个环境之内,说不定他有能力来救哥哥的一条性命,遂抬头望了他一眼,可是却又难以开口,支吾了一会儿,方才低低地说道:"文先生,照你的能力,也许有帮助我的希望,不过这件事也许你是不会答应的,因为我和你是站在极端的地位。文先生,我们还是各走各的吧!"雪华后面这句话的语气是特别的低沉,而且还包含了一点凄凉的成分,她向世雄挥了挥手,拖着懒洋洋的脚步,向前移动了几步。

　　世雄不是一个呆笨的青年,他当然已经明白雪华的哥哥是干什么工作的了。他慢慢地跟上了两步,把她手儿拉了过来，很诚恳地说道："李小姐，我明白了，你哥哥莫非是三民主义青年团的团员吗？"

雪华脸色有点惊慌，但接着又平静下来，说道："文先生，承蒙你很热诚地关怀我，我当然十分感激，那么我就老实地告诉你，我哥哥确实是干这个工作的。昨天晚上，听说沈伯涛司令为了他一个七姨太的小生日而大肆庆祝，可怜在这一个国破家亡的年头，多少百姓在铁蹄下求生不得求死不能地受苦受灾，谁知他狐假虎威地作威作福，搜刮民脂民膏，博爱妾的欢心，而丧失心肝地铺张这些无谓的庆祝，这真所谓'商女不知亡国恨，隔江犹唱后庭花'。我哥哥和同志们在一气之下，遂预备奋不顾身地去锄奸，谁知大事未成，竟反被擒，现在生死未卜，怎能叫我不痛心疾首？文先生，你是一个有思想有灵魂的青年，不知道你也同情我哥哥这一种行动吗？"

世雄听了，这才恍然大悟了，情不自禁哦了一声，说道："原来昨天夜里捉到的刺客就是你的哥哥。"

"这样说来，你一定也在庆祝司令太太的寿辰了？"雪华秋波乜斜了他一眼，淡淡地说。

世雄觉得她这些话至少是包含了一些讽刺的成分，这就红了红脸，说道："李小姐，请你原谅我的处境，我并不是喜欢去参加这个毫无意思的宴会，实在也是为了父亲的

64

强迫，才不得已而去的。李小姐，你放心，尽我的力量，终得设法去救你的哥哥。你不要以为我是汉奸的儿子，你就把我当作仇敌一样，其实我到底也是一个有血肉的青年，我岂肯做祖国的叛逆吗？李小姐，我不是对你说过吗？我恨不得脱离这个罪恶的家庭。"

雪华见他一面说，一面显出无限羞愧的模样，一时对他倒又表示好感起来，乌圆眸珠一转，说道："文先生，你真的肯替我出力去相救我的哥哥吗？"

"李小姐，我为什么不肯呢？你哥哥是一个爱国的青年，他冒了这样大的危险，也无非是为了我们中国的存亡、整个民族的解放，所以我决心要救你哥哥，其实这也不啻是救我们自己一样。"世雄表示出十分诚恳的样子，认真地回答。

雪华点了点头，说道："文先生，我太感激你了，那么你此刻快点儿进城去吧！假使你果然救出我哥哥的性命，我终不会忘记你的大恩。"

世雄点头称是，两人遂急急地回家。把自由车推出院子外，世雄向雪华说声再见，遂跨上自由车匆匆地分手走了。回到家里，齐巧遇见妹妹素琴，她很惊慌的样子，向世雄低低地说道："哥哥，我听爸爸刚才说，昨夜这一个凶手你道是谁？原来就是李自强呀！自强不是雪华的哥哥吗？

65

我想世界上没有这样凑巧的事情，那么一定就是他的了。想不到他们却是三民主义青年团的团员，这……这……便如何是好呢？"

世雄听妹妹说话的语气，也替他担着忧愁的样子，这就低低地问道："那么你可知道这个凶手现在怎么处决呢？"

素琴道："爸爸说审问过一次，恐怕要移交到日本司令部去，这就很危险了。"

"啊呀！那么这……这便怎样办呢？"世雄听了这话，急得一颗心像小鹿般地乱撞。

"现在人还在沈司令那里，我们终要想个办法救他才好，因为他的妹妹也十分热心，而且他也是个有作为的青年，假使被他们残忍地害死了，岂不是国家的损失吗？"素琴很表示可惜地说。

"妹妹，我老实地对你说，对于这件事我是已经知道了，因为我刚才和他妹妹在一处，是他们同志来报告了，我才明白昨夜的刺客就是她的哥哥。我已经答应设法救她的哥哥，但是叫我用什么方法去救他好呢？这倒是一个大问题。"世雄蹙了眉头，这才老实地告诉了妹妹。

素琴哦了一声，心中明白哥哥确实是爱上了雪华，但他们和我们的环境又是各别，恐怕将来的结局，也会和我同杨宗达一样的不幸，所以很忧愁地问道："那么雪华知道爸爸是怎么样地位吗?"

"虽然我很不好意思向她告诉,但经不住她苦苦地追问,我没有办法,只好告诉了她。不过她很同情我的苦楚,她绝不会因此而对我表示轻视。唉!妹妹,我们在这一种环境里做人,好像什么幸福都被剥削了,所以我很想脱离这一个家……"世雄说到这里,顿了一顿,望着素琴的脸儿,却又表示为难的样子。

"我何尝不这样想,我和宗达的事情,你也该知道,假使我此刻知道宗达在什么地方,我会不管一切地跟着他一同去飘零。"素琴被他这样一说,倒又勾引起自己无限的心事来了。说完了这两句话,她脸上显出无限痛楚并怨恨的神情,但痛愤还抵不住怨恨的刺心,所以她那颗处女的芳心,已禁不住扑簌簌地滚下眼泪来了。

世雄心中也有些难受,遂劝她说道:"妹妹,你不要伤心,我想宗达也是一个明白的人,他自然也会谅解你的苦心,假使你们有缘的话,将来自然还有结合的日子。总而言之,我们就只好归之于命运罢了。"

"我的事且不必谈起,那么哥哥既然答应去救自强,你到底预备怎样救他呢?时间是不容情的,万一明天被移交到日本司令部去,那不是一切都完了吗?"素琴拭了拭泪,她丢开了自己的心事,很关心地又说到自强这个问题上去。

世雄想了一会儿，说道："我想和爸爸去商量，叫他对沈司令说，要求司令把志强交到军机处来审问。只要自强落在我们范围之下，那我就有办法可以相救他了。"

素琴道："不过爸爸能否肯向司令去要求，这实在还是一个问题，照我的猜测，爸爸这样胆子小的人，恐怕未必肯这样做。"

"你这话也说的是，那么只有另想别法了。"世雄说着，和妹妹匆匆分手，回到自己的卧房，坐在写字台旁，吸了一支烟卷。细细地想了许多时候，忽然把手在台子上一拍，叫了一声"有了"，可是一会儿又想，这个办法虽好，但自己至少要牺牲一点，为了救人性命，这些牺牲那当然也顾不得的了。

世雄想定主意，他换了一套簇新的西服，把生发油在头上梳得光滑滑高松松的，那一方小手帕上还洒了一点香水精，然后插在西服上装的小袋内。一切舒齐之后，方才坐了汽车，匆匆地到沈司令公馆来。

沈公馆大门口的卫队，见是军用汽车，遂立正致敬，让汽车直达大厅。世雄跳下车厢，吩咐车夫把车子自开回公馆。他站在石阶级上不由得暗自想道：我虽然是到了这里，但跟谁去说话呢？假使直接去找司令太太，因为自己是个年轻的男子，这难免要被人家疑心；倘若找司令吧，见了面也不好把这些话跟他直接地说呀！世雄在这样思忖之下，倒有点左右为难起来。但事情真也凑巧，忽然见一个丫头匆匆地出来，世雄认识她是那夜露茜叫她碧桃的使女，这就迎上去，含笑招呼道："你不是碧桃姐姐吗？"

碧桃被他这样一叫，真有些惊奇，连忙也含笑问道："啊哈，你这位少爷贵姓呀？怎么认识我呢？"

"昨天夜里你太太不是和我坐在一桌子上喝酒吃菜吗？你怎么就忘记了？"世雄笑嘻嘻地提醒着她说。

碧桃仔细向他一望，这才哦了一声，笑道："是的，是的，我忘记了，你少爷贵姓？是找太太来的吗？"

"我是文处长的儿子文世雄，你太太在家里没有？我正是找她来的。"世雄点了点头，他自我介绍地回答。

"哦，原来是文少爷，那么你随我到里面来吧！"碧桃叫了一声文少爷，她招了招手，遂向里面走了。世雄暗想，这真是老天保佑，竟会先遇见了碧桃。他十分高兴地向她说了一声劳驾，遂跟在她的后面走进去。穿过了几重朱廊碧槛，步入另一个小院子。跨进一个会客室，里面收拾得十分清洁，碧桃含笑说声"文少爷请坐一会儿"，她便匆匆地走到里面去了。世雄心中暗想：等会儿我见了露茜，怎样向她要求好呢？假使她放刁不肯答应的话，我又将怎么办才好？正在暗暗地计划，忽听一阵吱咯的皮鞋声，里面便走出一个亭亭玉立的少妇来，这少妇当然就是陆露茜了。世雄因为自己这次到来求见，是为了救人性命，所以不得不显出特别恭敬的态度，站起身子来，含笑先招呼道："陆小姐，你没有出去吗？我是特地来向您问安的。"

"啊呀，不敢不敢，我道是谁？原来是文少爷，今天是什么好风儿把你这位贵人吹到我这里来了？"露茜对于世雄今天会来望自己，在她心中确实是出乎意料的事情。不过想到昨夜世雄对自己那种冷淡的态度，她心中不免有点生气。她想世界上男子居然也会惺惺作态地来捉弄自己，所以她今天很想有个小报复，她说的话至少有些讥笑的成分。

世雄听她这样说，分明话中有着骨子，这就红了两颊，便转身说道："既然陆小姐有点讨厌，那么我就告别了。"

露茜暗想：这孩子倒比我更刁得可恶，于是恨恨地把他拉住了，笑嗔道："好，好，你这人真会多心，我几时讨厌过你？承蒙你看得起我，来望望我，我心里欢迎还来不及呢！谁知你又这样地对待我，那你不是明明讨厌我吗？既然你讨厌我，我也不敢强留你，你就只管去吧！"露茜起初还有点笑意，但说到后面这两句话，她又逗给他一瞥无限哀怨的目光，别转了身子，大有盈盈泪下的神气。

世雄要走，其实原是做作，不过露茜这一种态度，她也是一种做作。世雄不由得暗暗好笑，这就趁此回身走上一步，按了她的肩胛，温和地说道："陆小姐，对不起，这是我错了，请你原谅我吧！"

露茜见他向自己赔不是，心里才欢喜起来，回身白了他一眼。这一个白眼当然是具有勾人魂灵的妖媚，世雄真的也不禁为之心动起来。两人相对呆了一会儿，只见碧桃匆匆地出来，说道："太太，上面都舒齐了。"

"哦，文少爷，那么请上面去坐吧！"露茜这才微微地一笑，把手摆了摆，是请他上楼的意思。世雄此刻倒有点儿踌躇起来，望了她一眼，偷偷地问道："司令有没有在家？"

凭了世雄这一句话，露茜就明白他是有些害怕的意思，这就拉过他的手儿，乜斜了媚眼儿，笑道："你既然到了这里，胆子就不小了，好孩子，不要害怕，你只管跟我到楼上去吧！"

露茜一面说，一面拉着他向楼上走。世雄知道司令没有在家，遂大胆跟着她走到楼上。楼上的地方也很大，穿过了几间套房，走到一个房门口，只见垂了紫红绣花的帷幔。露茜没有说话，碧桃已经掀起门帘，含笑请世雄进内。世雄在这个情势之下，自然没有什么犹疑地跨进房去了。在他一脚跨进房内的时候，就闻到一阵浓郁的幽香，再看房中陈设，真是古色古香，富丽堂皇。虽然自己家里也不算简陋，但露茜的卧房真考究得有些过分。露茜见他呆若木鸡般地站着，遂拉了他一下，笑道："文少爷，干吗？快请坐吧！"

世雄这才含笑坐下，碧桃送上两杯香茗，悄悄地退了出去。世雄见桌子上放着四盘糖果、一罐香烟，便对露茜笑道："陆小姐，莫非已经有贵客来过了吗？"

"哪里来什么贵客？我是特地叫碧桃先上楼来预备好了招待你的。"露茜一面含笑说，一面在他对面椅子上坐下来。

"啊哈，这样说来，我倒还是一个贵客哩！陆小姐，你待我真也太客气了。"世雄很喜悦地回答。

"不待你客气，只怕你心里生气呀！文少爷，你抽烟吧！今天你爸爸没有在这里，大概是不用再害怕了。"露茜瞟了他一眼，一面递过一支烟卷，一面忍不住哧地笑起来。

世雄红了脸颊，一面接了烟卷，一面先取出打火机，给她也燃着了火，笑道："陆小姐，现在你把这句话当作话柄了。"

"不是，因为我很爱你是个孝顺的孩子。"露茜神秘地回答。她抿了嘴儿只管笑，从她神情上看来，可见她今天好像是特别的高兴。

世雄不作答，他吸了烟卷，心中不免又想起心事来了。

自己今天来的目的，完全为了营救自强，那么我终得把来意先向她说明了。不过说出来也需要有个技巧，不要给她心中认为我是无事不登三宝殿的感觉。但要怎样说出来才好呢？这倒是应该有个考虑。世雄这样地思忖，他的神情上不免有点默然。这就引起露茜的注意，笑道："文少爷，你在想心事吗？"

"我在想，我这样子坐在你的房中，不知道司令回来见了可要生气吗？"世雄就随便信口回答。

露茜本来是带了微笑，听他这样说，遂冷笑了一声，说道："怕什么？他把我们女子当作玩物一样，见了一个，爱了一个，爱上了又抛了一个，他可以这样的荒唐，难道我和一个男子在房中坐着谈谈话的自由都不可以吗？世雄，我今天老实地对你说，我确实是爱上了你，从昨天晚上起，我几乎为你爱得疯狂了。我想起了和你这么的吻，啊，这是多么的甜蜜和兴奋，假使我因此为你死了的话，我心里也绝不会有些许怨恨，可是你……对我是这样的冷淡，你狠狠地推开我走了。唉！我昨夜完全失眠了，为你流了一夜的眼泪，可是今天你忽然又来望我了，我心里太欢喜了，我知道你一定想明白过来了，因为男女间互相的慰藉是一件光明正大的事情。世雄……"露茜淡淡地说到这里，她站起身子来，走到世雄的旁边，却老实不客气地把身子坐到他的怀内去，一手挽住了他的脖子，很急促地说下去道，"世雄，我需要你的安慰，请你可怜我一番痴心，你就答应我的爱你吧！"

世雄对于她这一种举动，真是意想不到的事情，他急得红了脸，推着她身子，说道："陆小姐，你……你……这……可不能，被下人们见了，万一传到司令的耳朵里，这还了得吗？"

"啊哈，你真是个傻孩子，我的闺房里，没有吩咐他们，下人们是绝不敢贸然闯进来的。世雄，我问你，你今天是做什么来的？"露茜见他急得这个样子，遂向他笑嘻嘻问，后面这句话是包含了俏皮的成分。

世雄明白她是误会自己爱她才来的，不过自己又不能否认，因此只好委屈地承认下来，说道："虽然我是为了爱你才来望你，不过你也太兴奋一点，我想大家只要有一条心，将来机会是不会少的。"

"可是你哪里知道我心中的苦闷。"露茜说了这一句话，就凑下小嘴儿去，在他嘴唇上紧紧地吻住。世雄不是一个鲁男子，被她这般的热情，也弄得有点神魂颠倒起来。所以两人这一吻的时间是相当的久长，几乎使彼此都有点气喘起来。露茜这才有点满足了，方推开他身子，慢慢地仍旧坐到椅子上去，笑道："世雄，我真是太感谢你了。我希望你永远做我心爱的人，我就是为你死了也愿意了。"

"陆小姐，我真想不到你对我竟这样的痴心，我……生生死死都不会忘记你对我的好处。"世雄很惭愧地对她说了一次谎，因为他要利用露茜来达到自己这次到来的目的。

"你现在也明白我对你的好了吧！唉！一个女子终是痴心得多。"露茜虽然是感到胜利了，但想到昨夜的难堪，她忍不住又深深地叹了一口气。

"陆小姐，请你原谅我的不好，我已明白你的多情了。"世雄这回走到她的身旁，向她低低地安慰。

"不过我要问你，你昨夜为什么不肯爱我？"露茜尚有余气地白了他一眼，娇嗔地问。

"因为你是一个司令太太，况且我们才见了一次面，所以我以为你是跟我开玩笑，我实在有些害怕。"世雄向她温和解释。

露茜望着俊美的脸蛋儿，她到底忍不住又嫣然地笑了，拉过他的手，轻怜蜜爱地抚摸了一回，她脑海里幻想着神秘的一幕，她的两颊像喝过了酒般的红晕起来，秋波水盈盈地乜斜了他一眼，低声道："世雄，你看太阳快要偏西了，这样幽美的黄昏，不知你心中也有些什么感想吗？"

世雄听她这样说，一颗心立刻会紧张起来，虽然他明白露茜话中的意思，但他还装作无知的态度，说道："陆小姐，我要问你一句话，不知你能答复我吗？"

"你要问什么话？我终可以答复你，因为我觉得以后我的一切完全是属于你的了。即使你此刻要我的身体要我的心，我也全都会交给你的。"露茜心中所转的念头和世雄完全是相反的，因为她此刻的脑海里完全呈现着另一个环境。

世雄只是觉得她的可怜和好笑，遂说道："我并不是说我们的私事，我要问的是国家大事。"

"国家大事问它做什么？况且我是一个女子，根本一点儿也不知道，所以这些事请你还是不要谈起的好。"露茜皱了眉尖儿，摇摇头表示有点讨厌谈这些问题的意思。

"可是你不要以为国家大事和你无关，要知道将来对你就有切身的利害关系。"世雄先拿话去刺激她。

"哦！和我有切身的利害关系？那么你倒说出来给我听听。"露茜这才开始有些注意起来，她把神秘的幻想暂时抛过一旁，向他低低地追问。

"我现在先要问你，中日的战争，结果到底是谁胜谁败？"世雄很认真地说。

"这个……我哪里知道，不要说我不知道，就是问这些大人们恐怕也难以回答你吧！"露茜觉得他问的题目太大，一时里呆住了，有些茫无头绪的神气。

"可是你要想自从七七事变到现在，已经有了六七年之久，日本的势力，是只有一天比一天软弱，同时欧战方面，同盟国也早已到难以抵抗的地步。从这一点看起来，最后胜利的口号，我想在不久一定会实现的，你说是不是？"世雄把国际局势向她告诉着说。

"我心中也这样地想，日本这样小的一个国家，怎么可以如此的横行呢？所以将来一定会失败的。"露茜是莫名其妙地附和着说。

"那么日本一失败之后，你司令太太的地位会不会动摇呢？那不用说的，当然是做不成了，不要说做不成，而且还有斫头的危险。所以我的意思，我们应该有个预先准备才好。"世雄一步一步地逼近她说。

露茜唉了一声，她皱了眉毛，似乎有点忧愁的样子，说道："被你这一提醒，我也觉得危险起来了。世雄，我倒有个好主意，不知你有没有这个勇气？"

世雄见她眸珠一转，好像计上心来的神气，遂低低地问道："你有个什么好法子？你倒说出来大家讨论讨论。"

露茜道："老实说，我就根本不愿做什么司令太太，在当初也无非是被他强迫而已。现在我遇到了你，我好像是重见光明一样，所以我的意思……"说到这里，勾住了世雄的脖子，在他耳朵旁边低低地说了一阵，接着又含笑问道，"你肯不肯这样做？假使你肯这样做，我就马上跟你实行起来，倒可以逍遥自在地去过那幸福的日子。"

"你这个法子，我虽然是一百二十分地赞成，不过我们不能太鲁莽，必定要有一个完善的计划。否则事机不密，恐怕还有杀身大祸。所以我的意思，先要做一件有益于国家的事，然后我们逃到自由区里去，他们一定也会给我们有个安全的保障。"世雄的话是越说越接近了。

露茜点了点头，凝眸含颦地沉思了一会儿说道："那么我们怎样才能算做一件有益于国家的事呢？"

世雄是巴不得露茜向自己问出这一句话来，他故作有个思索的神气。过了一会儿，他说了一声"有了"，便凑到露茜的耳旁低低地说道："我想这倒是一件现成可以讨好的事情，而且在你手中办起来，可以说是不费吹灰之力的。"

"你不要说这些废话了，那么快些儿告诉我吧，到底是一件什么现成的事情呢？"露茜有些迫不及待的样子，向他急急地追问。

世雄很认真地说道："昨天夜里不是捉到了一个刺客吗？这一个刺客据人家说名叫李自强，是三民主义青年团里的工作人员，他的职位很高，也许是个中队长的地位。我想你可以在司令面前想一个办法，把他救出来使他不死，那么他当然感激你的救命之恩。常言道，救人性命，人家也必定有所报答，这样我们将来若到了他们的范围之内，

78

他一定也会尽力救助我们了。露茜，你说我这个意思好不好呢？"世雄兜了这么大的圈子，总算才说出了他所要说的话了。

露茜望着他，呆呆地想了一会儿，却并没有回答他。世雄心中是十分的焦急，他不明白露茜心里存的什么意思，为了要达到自己的目的，他不得不显出亲热的举动，拉了露茜的手，一同坐到长沙发上去，态度是特别的温文。

露茜这时却冷笑了一声，把他身子狠狠地一推，说道："世雄，你真聪明！你真大胆！原来你今天到我这里来，还是为了这个缘故，花言巧语地说得多么的动听，我几乎上了你的大当了！"说到这里，把身子向左一侧，表示十分愤怒的神气。

世雄想不到被她一语道破了自己的秘密，一时暗暗佩服她的聪明，不过也相当的吃惊，全身一阵子焦躁，额角上的汗珠几乎也冒了上来。但他还竭力镇静的态度，说道："露茜，你这是什么话？照你说来，我是特地为了那个刺客来向你求救的吗？"

露茜哼了一声，却并不作答。世雄这就猛可地站起身子来，说道："好，既然你不相信我，那么我也不敢再来麻烦你，再见！"一面说，一面表示向外走的意思。

"回来！"露茜这才急了，说了"回来"两个字，她身子方才也慢慢地别了过来。只见世雄虽然是停止了步，但他还是背着自己，可知他心中尚有余恨。因此倒又软化下来，站起身子，在他肩上轻轻一拍，说道："世雄，你老实地说，今天来我这里，是不是为了真心爱我？"

"你也不必问了，假使你信不过我，我马上可以离开这里。"世雄十分强硬的态度，他又表示要走的样子。

露茜这回把他拉住了，秋波含了无限哀怨的情意，白了他一眼，叹了一口气，说道："冤家，我和你闹着玩儿，你何苦认起真来？"

"你也不要怪我，因为我一片好意向你贡献意见，你却这样的猜疑我，那叫我还有什么话可以说呢？"世雄一面孔还是十分失望的表情。

露茜听了，又嫣然一笑，她拉着世雄一同坐到沙发上去，把娇躯靠着他的身怀，小嘴儿几乎要接触到他的脸上去，娇声地央求道："世雄，我的好宝贝儿，你不要生气，是我冤枉了你，请你原谅我吧！"

世雄低下头，而在她樱唇上紧紧地吻住了。露茜跟沈司令这两年来，可以说是从未享受过这种甜蜜的滋味，即使有这一种动作，也只有使自己感到讨厌和可憎，因为一脸髭须已经是够惹气了，而且满嘴的大蒜臭更叫人作呕，所以此刻被世雄这样温情蜜意地安慰，她全身的热情像火山般地要爆发起来。世雄利用她在无限满意的时候，就继续问道："露茜，你到底愿意和我结成一对吗？"

"我愿意，我愿意，世雄！我假使能够和你做一夜夫妻，不，只要半夜夫妻，我就是死了也很甘心的了。"露茜勾住世雄的脖子，气喘喘地回答。

"那么你能不能照着我的意思做？因为这对于我们将来的前途，实在是大有关系的。"世雄最要紧的就是追问她这一个问题。

"我当然可以向司令要求，只要我们能够白首偕老，世雄，你现在终可以不再怨恨我了？"露茜轻柔地回答。

世雄笑了一笑，在她嘴唇上又热烈地吻住了。但他脑海里却映现着雪华的倩影，他认为露茜不过是雪华的躯壳。谁知就在这个时候，忽然碧桃匆匆地奔进房来，气急败坏地向他们报告，说司令回来了！世雄心中这一急，他推开窗子就要跳下去。

五　冒认哥哥恍若在梦中

世雄一听沈司令回来了，他便推开窗子，要想跳下楼去。其实他是急糊涂了的缘故，露茜这就把他拉住了，说道："这样高的楼，你能跳下去吗？难道你不怕危险吗？不要急，不要急，我看你还是在衣橱里面躲一躲吧！"

世雄听了，也觉不错，因为跳下楼去，即使没有受伤，被下面卫兵们发觉了，也是不好，遂点头连说好的好的。露茜把橱门拉开，给世雄急急地躲入。待露茜关上橱门，只听一阵靴子声已响进房来。碧桃很聪明地在门外叫道："司令回来了。"

露茜虽然一颗芳心跳跃得厉害，但不得不镇静了态度，对了衣橱的镜子，伸手拢着头发，还扭捏着腰肢儿照个不停的神气，从镜子里面可以发觉司令血红了脸儿，歪斜了脚步，已走进房中了。露茜知道他是刚喝了酒回来，却故意装作没有看见的样子，自管自地对着镜子只管卖着风流的表情。沈司令笑嘻嘻地挨到露茜的身旁，把手指在她肩胛上弹了两弹，叫道："啊哈哈，我的好宝贝儿，你真是好大的架子，怎么我走进了房中你连睬都不睬我呀？"

露茜这才啊呀了一声，很快地回过身子，显出妩媚的神情，笑道："司令，你什么时候进来的？你看我这人真糊涂极了。嗯！瞧你这冲人的酒气，又在哪儿喝醉了酒？"露茜说到这里，把小嘴儿一噘，故作生气的样子。

沈司令把她拉到沙发上坐下，望着她娇靥显出垂涎欲滴的神气，说道："他妈的，都是这些鬼子，拖住了老子喝酒，我想要回来，他们偏不答应，搅七廿三的真是麻烦死人。我的好卿卿，来来来，让我香个面孔。"

露茜推开他满长着胡子的脸，不肯依他，说道："司令，你醉了吧！还是安静地去休息一会儿，这冲人的酒气，真叫人难受。"

"哦，哦，你嫌我这酒气冲人吗？下次不喝，下次一定不喝了。"沈司令口里这样说，他两手的举动，扑上来还是要向她接吻的样子。

露茜却把纤手抵住了他的嘴，说道："我最恨的就是你时常喝酒，喝过了酒的嘴，你休想来香我的面孔。"

"我的好太太，这一次就马马虎虎吧！下次我再喝醉了酒，罚我烂脱了嘴巴好不好？"沈司令在露茜的面前好像是一个小孩子的模样，他用了很大的气力，把露茜压倒在沙发上。

露茜是没有了回避的余地，沈司令当然是得到了满足。但露茜哇的一声，几乎要呕吐起来，她恨极了，把牙齿在他嘴唇上咬了一口，这一来把司令痛得哎哟一声叫起来。露茜这才挣脱了身子，一面咯咯地笑，一面逃到桌子旁去了。

沈司令把手摸着嘴，望着露茜又恨又爱地说道："好，好，你……你真狠心，怎么把我咬了一口？"

"这不是狠心，这是和你表示亲热呀！"露茜逗给他一瞥甜人的媚眼。

"哦！原来还是这个意思，哈哈。"沈司令心里是一阵奇痒，他一面哈哈地笑，一面歪歪斜斜地站起身来，又扑到桌子旁去抱露茜。忽然他见到桌子上放着四盘糖果，于是又奇怪地问道："我的好太太，有什么客人到这儿来过吗？"

露茜转了转眸珠，笑道："哪里来什么客人？因为我刚才打电话给你，他们回答说你已经走了，我以为你准是回家来了，所以预备了糖果，请你吃的。谁知左等不来，右等也不来，等得我急起来，谁晓得你却在外面吃酒快乐。

其实你也不用骗我，我听人家说过，你在外面早已另有爱人的了。”

沈司令见她说完了这些话，大有无限怨恨的样子，这就急急地说道：“天地良心，我除了你，在外面若再有一个爱人，我便是孙子王八蛋养出来的。”说到这里，忽又跳脚道，“他妈的，又是哪一个王八小子在你面前搬弄是非？你说，你说，谁告诉你这些话？我马上把他先枪毙了。”

露茜见他这样的盛怒，便挺了挺胸部说道：“是我自己告诉自己的，那么你先把我枪毙了好了。”

沈司令被她这样一说，倒是愣住了，立刻堆下了笑容，走上去鞠了一躬，说道：“原来是你自己说的，该死该死，那是我说错了话，请太太原谅我吧！”

露茜愈加装出生气的表情，噘了噘嘴，说道：“你愈是向我赔不是，可见你愈是心虚的缘故。我想你是一个司令老爷，爱几个女人算得了什么稀奇？”

沈司令摇了摇头，把她抱住了，坐到椅子上，笑道：“你这样冤枉好人，恐怕老天爷就要雷声响了。你自己想一想，自从你进了门，我把其余六个姨太太不是都抛到脑后去了吗？我把你当作生命之火一样，我把你当作灵魂一样，只要你吩咐一声，我就是割下脑袋来交给你我也很情愿，那还用说得了别的话吗？我的好宝贝儿，你不要多心，你看你看太阳没有了，我喝过了酒，我的兴趣太好了，你……你……"

世雄躲在衣橱里面，虽然没有看清楚他们到底在做些什么，但他们说话的声音是很清晰可闻的。他听到这里，觉得沈司令的语气是有些急促的成分，说也奇怪，世雄全身感到燥热起来。这时听露茜有点娇嗔的样子，恨恨地说道："司令，你这……成个什么样子，我……还有一句话要对你说哩！"

"是什么话？你说吧！你说吧！"沈司令缓和了动作，向她追问。

"你真的是十二分爱我，还是假的爱我？"露茜向他认真地说，好像另有作用的神气。

"啊呀呀，我的好心肝、好宝贝，这还有假的吗？"沈司令笑嘻嘻地说。

"那么我有一件事情要请求你，不知你能不能答应我？"露茜是一步一步地说上去。

"是什么事情？你说吧！我只要有能力办得到，不要说一件，一百件、一千件，我也都能依着你。"沈司令口里虽然这样说，但心中却在暗暗地思忖，不知她要求的是件什么事儿。

"这件事情说起来恐怕你会很生气，也许你不肯答应，而且还要把我骂一顿，所以我实在有点不敢说。不过想到我陆家的香火，我又不得不向你苦苦地哀求。假使司令真心爱我，也许会同情我而原谅我，否则，我也没有办法，只好一死，以谢我的父母了。"露茜说到这里，微皱了蛾眉，大有泫然泪下的意态。

露茜这两句话，不但沈司令听了有些莫名其妙，就是衣橱里的世雄听了也不明白。那时沈司令便急急地问道："我的好太太，你说话要明白一些儿，我是一个老粗，对于你这些转弯的话儿，实在有点听不大懂，到底是为了一件什么事情？你说吧，你说吧！一切我都可以原谅你。"

露茜听了，却又故意深深地叹了一口气，接着说道："司令，我的身世，你大概还不甚详细，我虽然爸妈是从小死的，但却靠着一个哥哥把我养大的。自从战事发生了后，炮火中毁灭了我的家乡，在日本军队残酷的铁蹄下冲散了我们骨肉，可怜我被强徒的拐骗，而堕入了妓院。幸亏天有眼睛，遇到了司令，司令把我娶作了太太，我心中是多么的快乐和兴奋，我把司令感激得像重生父母一样……"

"不，不，我不愿你这样的比方，你应该说，司令是我最亲爱的丈夫，那我才高兴。"沈司令不等她说下去，就打了岔儿笑嘻嘻地说。

露茜此刻却显得像一头温柔的绵羊，偎在司令的怀内，低低地说下去道："本来嘛，你是我最亲爱的好丈夫。不过我现在虽然是十二分的幸福，但想到了我的哥哥，我心里就会像刀割一般痛苦和难过，唉！他不知是生是死。你想，我心里多么的着急！"露茜眼皮儿一红，显出伤心的神气。

"那么你哥哥叫什么名字呢？我可以叫人到外面去打听打听，也许可以把他找到了，那你们兄妹不是可以重逢了吗？"沈司令偎着她的粉脸，只觉一阵阵细香送到他的鼻中，他有些混陶陶的，遂很同情的样子向她低低地安慰。

世雄听露茜对沈司令这样说，心中也不明白她是什么意思，虽然在里面闷了许多时候，有点透不过气来，但他还很注神地听露茜说下去："司令，我已经知道我哥哥的下落了。"

沈司令不禁笑起来道："啊呀，你这人真是太孩子气了，既然已经知道了下落了，那么快告诉我，我可以去把他叫了来和你相见呀！"

露茜支吾了一会儿，把粉脸更偎到他的颊上去，娇媚地说道："只怕你不肯答应。"

"这……这……是什么话？你……不要闹着孩子气了。我不是已经答应了你吗？其实你的哥哥，就是我的舅爷，现在我身边正少着几个帮手，他若给我做一个心腹，那我是欢迎还来不及呢！"沈司令很认真地向她回答。

露茜说道:"我老实地告诉你,我的哥哥就是昨夜你们捉到的这一个刺客。"一面说,一面把雪白的牙齿咬着嘴唇皮子,却是呜咽地哭泣起来。

"啊!你……你……这话可是真的吗?"沈司令虽然是吃惊地问,但女人的眼泪到底是有效力的法宝,他立刻又放低了喉咙说道,"你不要哭,你说呀,你说呀。"

"是的,我当初还不知道,后来我远远地看到他的脸儿,我才知道他是我的哥哥。"露茜真有本领,这一点子工夫,她居然真会淌下眼泪来。

"浑蛋,浑蛋,这真是浑蛋之至!"沈司令忘其所以地暴跳起来,他想到昨夜的危险,自然是分外的愤怒。但他低下头去,忽又奇怪地问道:"可是我心中倒又奇怪起来,昨天晚上你为什么一些儿也没有和我说起呀?"

"昨天晚上,我知道你在气愤头上,一定是不肯饶他的,所以我是不敢和你说。其实我今天原也不敢说,因为我知道你是不肯饶他的,现在果然把你气得这个样子,我怎么好意思做人呢?"

露茜别过身子,把脸儿伏在沙发背上,更加悲悲切切地呜咽起来。

世雄到此才恍然大悟,虽然不知道露茜的呜咽是否真的有泪水,然而她为了爱自己而想出这一个妙计,可见她的用心也是够苦的了，一时对于露茜倒着实有一点感激。

沈司令虽然是十分愤怒，但这也不过是一时之间的，此刻被露茜呜呜咽咽地一哭，他一片怒火早已化为乌有了。遂伏到露茜的身上，把手帕去拭她颊上的泪水，说道："我的好宝贝儿，你且不要哭呀，我们有话慢慢地商量要紧。"

"你也不必再商量什么，只要你能开恩，饶了他一条性命，我是生生世世都感激你的大恩。假使你把他移交到日本司令部去，那我哥哥的性命怕是完了。哥哥一死，我做人也没有滋味，况且我也对不住已死的父母，所以我也只好负了司令的恩情，和哥哥一同死于地下了。"露茜是愈说愈认真，愈装愈相像，眼泪好像断线珍珠般地从颊上直滚了下来。

"不过你要明白，你哥哥拿手枪来暗杀我们，他就是我们的仇人，假使我放了他，他明天若再来暗杀我，那我不是自寻死路吗？所以你也应该为我的环境而着想的。"沈司令见她哭得这样伤心，虽然有释放的意思，不过为了自己切身利害而设想，他到底有所考虑地说。

露茜觉得尽管哭泣，那也不是一个根本的办法，于是收束了眼泪，坐正了身子，对他说道："你这个话虽然不错，但一个人的心到底不是铁石做成的，假使你肯释放他，他心中自然也会激起了不杀之恩，再加上我好好地劝他，他怎么还会来暗杀你？恐怕给你出力还来不及呢！我哥哥是个很忠心的青年，他若给你录用了，他就会给你拼了死命出力，所以我觉得你若放了他，这对于你不但无害，而且还大有益处。司令，请你再三地想一想，能不能答应我呢？"

沈司令被她偎得有点肉麻的感觉，情不自禁地搂紧了她的娇躯。露茜虽然觉得沈司令在对自己顽皮了，但为了要达到这个目的，当然是不得不牺牲一点。可是她并不放松地追问道："司令，你好歹也给我一个回答。"说着话，她把沈司令的手儿挡住了。

沈司令知道假使自己不答应的话，那么自己是绝不会顺利地享受到温柔滋味的，所以他随便地点头道："好吧，好吧，我为了爱你，我就答应放他了。"

沈司令这一句话，不但露茜很欢喜，就是衣橱里的世雄也乐得几乎雀跃起来。因为忘乎所以，脚儿一撞，便发出了嘭的一声。沈司令虽然在混沌沌的时候，不过他的听觉却相当敏捷，他向四面望了望，很猜疑地问道："咦！奇怪，这是什么声音呀？"

"哪里来的什么声音？你不要混七混八地和我混着，既然你答应把我哥哥放了，那么你可以吩咐下去了呀！"露茜虽然也听到了嘭的声音，她心头是跳跃得厉害，但她镇静

91

了态度，毫不介意地仍旧和他谈到这个问题上去。

"放他原也可以，不过你也得给我一个保障，叫他以后不能再有暗杀我的行动。"沈司令还是犹疑地回答，虽然他被女色有点迷糊涂了，但他还有一点儿清楚。

"这个还用说的吗？我当然会好好劝导他的，说不定他还能给你做一个心腹帮手。"露茜是一味地花言巧语去怂恿他。

"也好，我完全为了你，就饶了他一条性命，那么你们兄妹是应该碰面见一见的。同时还希望你劝劝他，叫他以后能不能在我部下做一点工作。"沈司令想了许多时候，却没有回答，露茜把一条大腿搁到他身上去的当儿，他终于抵不住美色的引诱，而说出了这两句话。

露茜倒有点儿焦急，暗想：这可糟了，司令要把他带上来和我见面，其实我是一点儿也不认识他，那叫我们如何能认识做兄妹呢？不过事情已落到这个地步，我假使说不用见了，这在情理上是万万也说不过去，就是司令的心中一定也会引起无限的疑窦了。露茜在无可奈何之情形下，只好点了点头，表示很欢喜的样子，笑道："承蒙司令开恩，救了我的哥哥，我真是无限地感激。哥哥很听我的话，他见妹妹做了司令的太太，他一定会给你效劳的。"

沈司令很欢喜地笑了一阵，抱了露茜香了一个面孔，站起来高声叫道："碧桃，碧桃！"

碧桃在外面一间静悄悄地坐着，她的心中倒也着实替露茜担了一点儿心事，此刻听司令大声地叫喊，心中倒吃了一惊，以为是败露了机关，便慌慌张张地奔进房内，问道："司令，不知有什么吩咐吗？"

"你去把黄思堂传进来。"沈司令很严肃地吩咐。

"是。"碧桃应了一声，回眸斜瞟了陆露茜一眼，只见太太显出很安闲的样子，这才把一颗紧张的心儿轻松下来，回转身子，匆匆地走到房外去。不多一会儿，思堂在房门口外站住了，叫道："司令，你老人家叫思堂到来有什么吩咐吗？"

"你把昨夜那个刺客去押到这里来，我有话审问他。"沈司令向房门口走上了两步说。

思堂听了，不由得暗想，把一个要犯押到太太卧房里来审问，这其中恐怕又有什么新花样了。于是问道："司令，这是一个要犯，押到太太的卧房来，只怕很不方便吧！"

"你不知道，这个刺客是太太的哥哥。不必多说，快去带来吧！"沈司令瞪了他一眼，表示有些不耐烦的神气。

思堂说了一个是字，回身便下去了。心中这就暗想：刺客是太太的哥哥，这又是新鲜话儿，太太姓陆，那刺客昨夜自称李自强，显见得又是太太爱上了这个刺客，所以把司令当作活死人了。思堂一面想着，一面又暗暗地计算了一会儿，方才去押李自强了。

自强在暗无天日的地狱里已关了一日一夜，此刻他是一个人在呆呆地想，这次行事不利，反被擒获，看来是难有生望了。虽然在这个国破家残的年头儿，杀身成仁，那也是男人应该的事，不过自己此刻心中所留恋的，就是家中还有年老的父亲和一个娇弱的妹妹罢了。想到这里，自觉凄然，不免微微地叹了一口气。谁知这时候，外面走进两个狱卒来，一个叫赵六，一个叫张四。他们两人是铁打心肠的魔鬼，生了一面孔横肉，在地狱里遭他们两人毒手的罪犯，可说是不计其数。这时他们各执一条皮鞭，在自强头上轻轻地敲了一下，说道："朋友，你知道这里的规矩吗？"

自强回眸望了他们一眼，淡淡地说道："什么规矩？我的手表、我的皮匣子，不是已经都被你们搜抄了吗？"

"不错，你可以写一张字条，叫你的亲戚朋友送一点钱来孝敬孝敬我们呀！"张四歪斜了那双三角眼，手儿摸着自己的下巴，显出那一副骇人的景象来说。

"我在这里没有亲戚没有朋友，叫我写给什么人呢！"自强摇了摇头，毫不在意地回答。

"他妈的!"随了这一句骂声,只听哗地一响,皮鞭在自强身上狠狠地抽了一下。接着又听人狠狠地骂道:"你这小子好强硬的嘴儿,不给你一点颜色看,怎么知道我们这里的厉害。"

　　"张四,逼不出油水,还是痛打他一顿过过瘾头。这小子真在做梦,你进了这间屋子,没有出头的日子了,知道吗?他妈的!"他们的话和手里动作是一起实行的,所以自强的身上脸上又挨了好多记的皮鞭子。

　　"赵六,算了吧!打死了他,也好比死了一只狗,算得了什么稀奇。我们乐得放一点儿交情,明天移交到日本人的手里,那边的毒刑才叫他够受了。"张四觉得纵然打死了他也没有什么好处,所以倒低低地劝他说。

　　赵六似乎还有点余怒未消的样子,骂道:"我从来也没有见过他这样倔强的小子,打了他好像没有知觉一样,连哼都不哼一声儿,难道我们这两下子还不够结棍吗?张四,我非打得他向我们讨饶不可。"说到这里,挥起皮鞭,劈头劈脑地又向他打了下去。

　　自强在咬牙切齿忍受之下,他奇怪着这两个人的心肝好像是没有的一样,这就大声地叫道:"你们不许打,我倒有几句话要来问问你。"

　　"啊呀呀,这小子竟用了命令式的口吻来叫我们不许打，哈哈哈，这真是天大的笑话，我偏打，我偏打，你预备怎么样？"赵六在大笑了一阵之后，还是没有停止他手里抽打的工作。

倒是张四把他拉住了，笑道："息息吧，何苦来把手臂打酸了，剩点力气来打打逼得出油水的人吧！而且我们倒要听听他对我们说些什么话，是不是他吃不消了啊？"

自强冷笑了一声，说道："你们为什么要打我？"这句话倒是把他们两人问住了，他们互相望了一眼，觉得这事说不出一个所以然来，最后还是赵六说道："你这小子也太胆子大了。你做了犯法的事情，难道还不该打吗？不要说打，就是马上枪毙，也是该死的事。"

"我什么事情犯了法？"自强还是很简单地问下去。

"啊呀，你这小子真要死了，你来行刺我们的司令，你真是罪该万死，你是司令的叛逆，你还能说是不犯法吗？"赵六理直气壮地责问。

"我问你，你是中国人，还是日本人？"自强又这样问。

"这小子有点神经病，文不对题的，我们当然是中国人。"张四倒忍不住好笑起来回答。

"既然你们是中国人，那么你们干吗做日本人的走狗？你们仗着日本人的势力来杀害自己的同胞，你对得住你们的祖国吗？"自强十分洪亮地又问出了这两句话。

张四、赵六相互望了一眼，却是哑口无言，好像天良有点发觉的样子。自强见他们不答，遂又说下去道："我想你们也是读过书的知识分子，你们当然还记得七七卢沟桥事变的一番情景，同时我还可以再推上去说到一·二八和九一八的惨变事情，那么我们中国历年来所受到日本人的压迫和欺侮是到了何种的程度？这次战争开始，我们大中华民国沉着应战，虽然沦陷了许多的地方，但我们还在继续抗战，完成最后胜利的目的。我们身为中国人民之一，应该有怎样的热情来爱护祖国才好？我再问你们，你们喜欢日本来统治我们中国吗？你们喜欢做亡国奴吗？我想你们也都是有血肉有灵感的人类，当然绝不会说是的。你们再想想在这十余年来遭受日本人铁蹄下蹂躏的时日中，你们的骨肉兄弟以及亲戚朋友有否还遭到战争的惨死？我想绝不会没有。那么日本人可说是我们的大仇敌，身为中国人都应该共同起来为我们一帮死了的骨肉亲友报仇。但是你们却忘记了，你们反而认了仇人做父亲，受了仇人的欺骗，做了伪组织的傀儡，还以为十二分荣幸地助纣为虐起来，杀害自己的同胞，开口日本人好，闭口日本人好，我试问你们的心肝究竟在什么地方？你们不要以为个人在眼前的作威作福，就忘记了将来子子孙孙做奴隶的痛苦。假使中国真的亡在日本人的手里，那么你们心中是否感到是件快乐的事？我想你们也许是一时糊涂，此刻你们仔细想一想吧！大概你们再不会来痛打我谋害我，说不定你们会跟我一同去做些挽救祖国存亡的工作！"

张四和赵六两人听他滔滔不绝地说出了这么一大篇的话来，一时良心上好像有千万枚的钢针在猛刺一样的难受，他们额角上羞愧的汗水像雨点似的冒上来。手中拿着的皮鞭，懒懒地掉到地上去了。就在这个时候，忽听一阵皮靴声音响进来，同时有人叫道："赵六，赵六！"

赵六听了，方才惊醒过来，遂连忙回身出外，只见是黄副官，遂连忙立正。思堂道："昨夜那个行刺的李自强去押上来，司令要亲自审问。"

"是！"赵六回答了一个是字，立刻走到里面去，把自强押到外面。思堂见他满面血痕，就瞪着眼儿，向张四、赵六问道："谁把他打得这个样子？"

赵六、张四不敢说话，低了头儿，半晌方说道："是昨夜捉拿时打伤的。"思堂大喝道："胡说！昨夜是我捉拿住的，难道还不清楚吗？你们这班该死的东西，回头司令问起我来，可打断你们的脑袋。"

赵六、张四连声说是，思堂亲自给他解下了手铐，说声"跟我来"，他便带着自强走了。一路问他说道："你从实地说给我听，你有没有一个妹妹的？"

自强听了暗暗地奇怪，难道我妹妹也被他们抓住了吗？一时倒暗暗地着急，反问他说道："你问她做什么？"

"我当然有一点缘故。你告诉我，也许对你有一点好处。"思堂很缓和地说。

"嗯！我有一个妹妹的。"自强觉得这些纵然从实地说了也无关紧要，所以点了点头回答。

"那么，你妹妹在什么地方？知道吗？"思堂听他果然有的，心中倒猜疑不决起来。

"这个我不知道。"自强认为以下的话大有出入，遂回答了一个不知道。

"不知道？你自己的妹妹在什么地方如何会不知道呢？"思堂更加地猜疑不决了，他觉得司令太太也许真的是他妹妹了。自强这次不作声了，他低了头慢慢地一步挨一步地走，他浑身骨脊都觉得有点儿疼痛。

思堂也不再问，一路带到太太的卧房门口，叫碧桃进去通报。只听司令在房里大声说道："把他带进来。"

思堂把自强身子推了一推，两人走进了卧房。自强只见房中有一个军官似的老年人，还有一个如花如玉的少妇，因为自己有点莫名其妙，所以站在卧房里倒是怔怔地愕住了。

露茜见自强面上的血痕，可见是已经被毒打过了，因为在司令面前已经冒认了兄妹关系，那么做妹妹的见到哥哥这种狼狈的情形，当然是有一种表示的。在这样感觉之下，露茜不得不猛勇地奔了上去，伸张了两手，抱住了自强的脖子，叫了一声哥哥，忍不住哇的一声哭起来了。

自强对于露茜这冷不防的举动，真所谓是做梦也意想不到的事情，他虽然也抱住了露茜，但却是呆呆地愣住了。不过自强也是个胆大心细的人儿，他在细细思索之下，觉得刚才那个军官问我可有妹妹的一句话显然是大有关系了，当然那少妇是存心预备相救我的，可是所奇怪的是我和她素昧平生，根本毫不相识，她为什么要冒认我做哥哥而相救我呢？这倒叫我有点摸不着头脑了。但此刻也不必加以追究的必要，既然承蒙她热心相救，我当然也不得不假戏真做起来。于是很亲热地叫道："妹妹，可怜你哥哥被他们害苦了。"

露茜见他心领神会地居然也会承认起来，可见他倒也是个聪敏的人，这就更眼泪鼻涕的装出十分逼真的样子，她为了怕自强露出马脚来，遂先低低地说道："哥哥，自从那一年我们在炮火中分手以后，可怜你是一向在什么地方流浪？你为什么不姓陆，而改姓了李？同时你为什么要去做这一种不法的工作？你要知道沈司令是个多么有势力的大人物，你为什么偏要和他来作对呢？你看，这位就是沈司令，他现在是我亲爱的丈夫，他为人十分热心，而且也十分爱护有用的人才。他知道了你是我的哥哥，他很欢喜，他要救你不死，所以他真像是你的重生父母一样。哥哥，你还不快给我向沈司令叩谢救命大恩吗？"露茜一面对他絮絮地说，一面对他又暗暗地丢眼色。

自强是暗暗地点头，他明白露茜是姓陆，她无非是在提醒我的意思，于是向沈司令深深地一鞠躬，说道："沈司令，我很惭愧，而且我又很懊悔，我不该做出这样犯法的事来。不过我并不是为了暗杀沈司令才来的，我是为了要杀死这些惨无人道的日本人而干此工作的，因为我的家被日本人而毁灭了，我的骨肉也被日本人而拆散了，况且，况且我们多多少少同胞，都为日本人而流血了……"自强说到这里，他是无限的沉痛，慢慢地低下头来。

沈司令听了，点了点头，说道："日本人虽然不好，但你可知道现在完全是他们的势力呢？况且你们兄妹现在相逢在一处了，你不是可以很欢喜了吗？"

"是的，我应该是很欢喜的了。"自强无可奈何地回答，虽然他心中是有着极度的反感。

露茜在旁边又很快地插嘴说道："司令，你听，我哥哥不是有忏悔的意思了吗？我想他……他一定会给你效劳的。"

"自强，你真的有点懊悔了吗？你……你以后肯给我出力做事情吗？"沈司令似乎尚有未信之意，对他继续地追问。

"我懊悔了，我一定给你出力做事情。"自强并不从心眼里发出来地回答。

沈司令笑了一笑，向思堂说道："你把他带到医院里去医治受伤的地方。"思堂点头答应，带了自强回身走出房去。露茜似有依恋之情，追上一步，说道："黄副官，回头你再告诉我，我哥哥在哪一间病房。"思堂说声知道，方才匆匆自去。这里沈司令把露茜拉了回来，见她皱了眉头，好像有点悲哀，遂笑道："我的好宝贝，一切都已依从你的话了，你为什么还要很难受的样子呢？"

"哎，我哥哥被他们打得满脸是血，这样悲惨的样子，这叫我看了心里如何不要伤心呢？"露茜哀怨地回答，她忍不住又深深地叹了一口气。

"不是把他已送到医院里去医治了吗？我的好太太，不要伤心了，你看时候不早了，我们……我们……"沈司令涎着脸儿，把她拉到床边去了。露茜急得涨红了两颊，说了"这个……"两字，不料忽然一阵子电话铃声响，露茜借此脱身走到梳妆台旁，握了听筒，嗯嗯响了两声，便啊呀地叫起来了。

六　为爱妹妹奔波情意重

　　沈司令听她嗯嗯地响了两声，却又啊呀地叫起来，这就走上去抢过露茜手中的听筒，握住了听着道："什么事什么事？你是从哪里来的电话？"

　　那边急急地说道："我们是军部里来的电话，你是什么人？一会儿女一会儿男，快请司令听电话吧！"

　　"混账，我就是沈司令！什么要紧的事儿？你还跟哪一个司令说话？"沈司令听那边竟向自己吃起排头来了，这就暴跳如雷地大喝起来。

　　那边一听真的是司令的口吻，这就急得有点发抖的声音，说道："司令，你不要发脾气，三十一师二十八团出了乱子，他们和日本宪兵在城外街冲突起来了，那可怎么办？你老人家快上军部里来一次吧！"

　　沈司令一听部下军队和友邦盟军冲突起来，这就大惊

103

道："什么？这班不知死活的狗东西！胆敢和他们皇军冲突起来，唉，真是该死！该死！叫他们快点向皇军道歉赔罪才是呀！"

"你老人家还说呢，我们这一团兄弟还不甘示弱，竟和他们开起火来了，他们还要包围日本司令部，预备把日本人通通打死！"那边很急促地报告。

"这真是反了反了！好好，我马上就来，我马上就来！"沈司令一面说，一面搁下电话听筒，向露茜说道，"太太，你想我这一团部下，真是吃了豹子胆，他们真是造了反了！"

"既然出了这样大的乱子，那么司令快点儿去吧！要不然事情闹大了，又是你老人家倒霉。"露茜听了，很快地催促。她此刻心中只是记挂在世雄的身上，因为经过了这许多的时候，她怕世雄会闷死在衣橱里面。

沈司令恨恨地向房门外走去，可是他还回过身子，抱住了露茜的娇躯，又吻了一个香。露茜嗯了一声，逗给他一个白眼，沈司令才笑嘻嘻地走了。露茜待他一走，立刻关上了房门，走到衣橱旁，拉开橱门，只见世雄还呆呆地站在里面，这就忍不住扑哧一声笑起来，说道："对不住，闷苦了你许多时候，快点儿出来透透空气吧！"

"我在里面听了许多时候的戏，倒也不觉得寂寞。露茜，我真佩服你的口才，你有胆量，你有勇气，我真不知将来怎样感激你才好!"世雄走出了橱门，他笑嘻嘻地说，表示无限敬佩而又无限感激的意思。

"但你应该知道我冒着这样大的危险而完成了这一个任务，完全是为了爱你的缘故。世雄，我已经给你尽了最大的力量，你……你应该给我一点安慰吧!"露茜说完了这两句话，她扑上去抱住了世雄的脖子，微仰了粉脸，显出分外的妩媚。

世雄在这个情景之下，他也禁不住心头的一片爱怜之情，终于低下头去，在她殷红的小嘴儿上吻住了。不料就在这时候，忽然门外闯进一个人来，两人急忙回头去看，原来是黄思堂。思堂满脸堆了奸猾的笑，很神秘地说道："我以为司令在房里，真对不起。"一面说，一面悄悄地退出房外去了。

露茜却毫不在意地叫了一声回来，思堂站住了，垂首问有什么事情吩咐，露茜道："把我哥哥送到哪一家医院?"

"就在这里附近广民医院头等第八号病房。"思堂很快地回答。露茜一点头，向他挥了挥手，思堂遂退出房去。这时露茜向世雄望了一眼，只见他脸上一阵红一阵白地转变着，额上的汗点像蒸汽水似的冒上来，就忍不住好笑道："世雄，为什么你害怕成这个样子?"

"啊呀！你还说这些话？思堂不是沈司令的心腹吗？我们的事被他知道了，这还了得？你我恐怕就有杀身大祸了，难道你竟一些儿也不害怕吗？"世雄很慌张地说，表示十二分的忧愁。

"哼！你只知道思堂是沈司令的心腹，可是你却不知道他更是我的心腹。你放心吧！他不会和这个老乌龟说的，况且你不是答应我们一同远走高飞去做一对永久的伴侣吗？那么我们应该可以实行起来了。"露茜哼了一声，表示笃定泰山的神气，一面偎着世雄，一面低低地向他要求。

"话虽这样说，不过我在这里站着，终觉有些心神不定。露茜，我要回去了，万一司令此刻又回来了，这不是糟了吗？至于我们远走高飞的事，我们约个日子再从长计较，你说好不好？"世雄虽然是说着话，但他却有些坐立不安的样子。

"也好，你既然怕得这个模样，我也不强留你了。那么明天下午一点钟的时候，我在光明饭店三楼等你，什么房间，你可以找雨草的名字，雨草就是露茜半个名字，你知道吗？"露茜向他低低地嘱咐。

"好的，好的，那么我走了。"世雄心不在焉地回答，他回身要走出房去的样子，可是却被露茜又拉住了。只见露茜哀怨的神情，问道："世雄，你明天会不会失我的约？"

"不会，不会，你放心，我怎么会失约？"世雄按住了她的肩胛，感到她痴得可怜，所以温柔地安慰她说。露茜没有说什么，忽然她又抱住世雄接了一个长吻。良久，世雄的颊上感觉有些湿润，眼睛睁开了一望，想不到露茜却在暗暗地淌泪，这就奇怪地问道："露茜，做什么？你却又伤心起来了？"

"没有什么，我只觉得有些酸楚罢了。因为……因为我觉得你的行动我明白，你也许是完全为了利用我……"露茜说到这里，她别转身子去，表示十分的伤心。

世雄见她两肩一耸一耸，虽然没有听到她哭的声音，但也可想她是在暗暗地啜泣。因为她说的话，是正猜到自己的心眼儿里，所以觉得她的可怜。遂走上去，扳过她的肩胛，拿帕子去拭她颊上的泪水，说道："露茜，你这是什么话？你从哪一点证明我是没有真心对你呢？因为这是你的闺房，刚才司令到来了，我躲在衣橱已经闷得透不过气，你看此刻天色又快夜了，万一司令回来了，那么难道叫我在衣橱里再站一夜不成？所以我在这里实在不敢再站下去。露茜，请你原谅我的苦心。"

露茜听他这样说，一时也觉得自己也许是太多心了一点，因此倒不禁为之破涕笑起来，说道："并非我不相信你，实在因为我太爱你的缘故。既然你不会欺骗我，那么

107

你就早点回去吧！明天下午光明饭店，你可千万不要失约。"

世雄说了两声知道，他便匆匆地走出了卧房，一路摸出了大厅，只见思堂迎面走上来，笑嘻嘻地招呼道："文少爷，你刚从司令太太房中下来吗？"思堂说话的声音是相当的响亮，这把世雄真急出了一身大汗，遂急急地说道："黄副官，对不起，你轻声一点，因为司令太太有件事情叫我去办，我才来了不多一会儿。"

"是的，大概叫你去接了一个吻，对不对？"思堂哈哈地大笑起来。这可把世雄两颊涨得绯红，因为自己的秘密完全被他发觉了，这种小人是最忌人的，倘然去告诉了司令，这可不是玩的事。遂只好低低地央求道："思堂兄，请你给我保守秘密，我一定不会忘记你的恩典。"

"文少爷，你的胆子也未免太小一点了，我们这位司令太太是很公开的，她爱上了你，在昨天夜里我就早已知道了。而且而且……"思堂偏偏毫不在意地还不住地说下去。

世雄急中生智地在袋里摸出一叠钞票，大约有一万元光景，很快地塞到他手中去，说道："思堂兄，我们是自己人，请你以后不要再说这些话，我心里便很感激你了！"

"这个……我可不好意思收，哎哎哎，我可不好意思收。"思堂口里虽然这样客气着说，但他手里捏着钞票是紧腾腾的不放松。

"这是我一点小意思，你若不收的话，那你就看不起我了。"世雄不得不赔了笑脸，还竭力地去迁就他。思堂这就老实不客气地往怀里一塞，对他低低地说道："你只管放心，我一定给你保守秘密。"世雄向他连声道谢，遂匆匆地回家去了。

思堂见他去远了，忍不住笑了一笑，遂走到露茜的房中来。原来思堂和露茜是什么关系呢？露茜当初在妓院里的时候，思堂不过是妓院里一个当差，平常是露茜的跑腿，所以露茜叫他做什么，那思堂是根本不敢哼半句不是的。后来沈司令看中了露茜，讨她去做第七房姨太太，虽然是第七房，可是却博得沈司令的专宠，因此上上下下的官长无不以司令太太称呼之。那时思堂便来殷勤露茜，请她帮忙，在军部里当个差使。露茜因为思堂人尚称能干，遂荐在司令下面做一个副官，表面上是沈司令的心腹，而实际上还是露茜的耳目。

且说思堂到了露茜的卧房，只见露茜歪在沙发上呆呆地出神，遂低低地笑道："太太，这个李自强我已好好地叫人看顾着他，您只管放心好了。"

"嗯，听说三十一师二十八团部下和日本宪兵发生了冲突，不知还有什么消息？"露茜嗯了一声，她向思堂低低地探问。"这个……我却没有详细知道。"思堂走上一步，笑道，"李自强不是太太的哥哥吧?"露茜虽然什么事都和思堂商量，但对于这一点却也不肯和他真情实说。遂一本正经的态度，说道:"你不许胡说，你从哪一点看出他不是我的哥哥?"

"是，是，小子胡说，下次不敢。"思堂见她板住了粉脸，大有生气的神气，遂弯了腰肢儿，一面孔小人的做派。

露茜不说什么，呆呆地想了一会儿，假使在平日，她是一点不用顾忌的，现在思堂也很博得司令的欢心，而且自己的秘密，他又完全地明白在心里，万一他在司令面前搬弄是非，虽然他的法力是绝不会及得到我的，但何必多找麻烦，所以我应该先下手来制服他，使他死心塌地地来服从我的命令。露茜是个有心计的人，她的乌圆眸珠转了一转后，遂把身子扭捏了一下，唉了一声，懒懒地说道:"这几天真是倦得很，浑身骨脊都有些酸汪汪的，思堂，你给我来捶几下腿儿。"

露茜这一个命令下来，真是使他感到意外的惊喜，心头突突地一跳，全身骨头好像轻了一轻，他立刻在沙发旁屈了一膝跪下，伸手给她轻轻地敲着。

"上来一点，嗯! 再上来一点。"露茜闭了眼睛，伸了两条大腿，很随口地说着。思堂随了她的话，一拳一拳地敲了上去，只觉越上越软绵，他的手儿几乎有些迷醉起来了。但露茜认为还不够给他刺激，又伸了一个懒腰，娇声地说道："你敲得太重了，还是给我抚摸抚摸的好。"

天色已经是昏黑了，适中的光线是相当的暗沉，露茜静悄悄地不再说话，她闭了眼睛好像在打瞌睡的样子。经过了良久之后，思堂以为她是睡熟了，他的神经已经刺激得迷糊起来，露茜虽然是觉着，但她装了一个不知道。思堂见她一动也不动，又因为天色是完全地黑了下来，所以他不管一切地扑到露茜身上去了。这时候露茜认为是时机到了，她伸手在思堂脸颊上啪啪地打了两记耳光，大声叫道："碧桃，碧桃，有贼！有贼！"

碧桃在外面一间匆匆地奔入，伸手亮了电灯，这就很明显地见到思堂一手提了被解下的裤子，一面还扑在太太的身上。露茜狠命地把他推到地上，坐起身子，娇声叱道："好大胆的狗奴才，你怎么吃了豹子胆，竟敢侮辱到我的身上来了吗？"

碧桃见思堂跌在地上，涨红了两颊，呆呆地半晌说不出话来，这就也怒气冲冲地责骂道："啊哈，你这奴才莫非疯了吗？这还了得，回头司令回来知道了，你难道不要性命了吗？"

思堂因为事实放在前面，再要申辩，那也没有什么用了。因此趴在地上，连连地叩头，说"小人该死，小人该死"。露茜还是怒气未消地说道："没有这样容易，我非去告诉司令不可！想我这样地提拔你，你才有今天这样的好日子，照理你应该向我报答报答恩惠才好，谁知你竟向我戏弄起来，你到底是人还是畜生？"

思堂心中暗想：我是上了她的圈套，女人的诡计真是厉害，事到如今我也只有哑子吃黄连，有苦无处申诉的了。于是哭丧着脸央求道："太太，你且息怒，我下次再也不敢了，太太这次若原谅了我，我生生死死给太太效劳，就是赴汤蹈火，也万死不辞，只是不要报告司令知道。"

碧桃插嘴说道："既然你知道这是不应该的，我问你如何干出这种事情来？你真在发昏哩！"

"是的，我确实在发昏，现在仔细想想，实在罪该万死，但这是我一时之错误，太太千万开开恩吧！"思堂只管苦苦地哀求。

"要我饶你也不困难，但你非写一张悔过书不可，否则我一定要告诉司令，说你向我侮辱。"露茜向他提出这一个条件。

碧桃见思堂并不作答，遂代为追问道："你答应不答应？"思堂没有办法，只好连说答应。碧桃取出纸笔，叫思堂站起来书写，思堂握了笔杆，不知道怎样写法。露茜道：

"我念一句，你写一句，你听着：立悔过书人黄思堂，兹因向陆露茜强奸未遂，自知过失，愿立悔过书一纸，日后倘再有无礼之行为，情愿两罪俱罚，执行枪毙。特此立书，陆露茜女士司令太太收执，黄思堂谨具。"露茜念完，又说道："下面写年月日的日子好了。"

思堂委委屈屈地写好，交到露茜手里。露茜看过一遍，点了点头，向他说道："现在你凭据落在我的手中，劝你以后做事情小心一点，知道了没有？假使你要来多管我的闲账，那么你就当心自己的脑袋！好了，你现在下去吧！"

思堂听她这样说，一面悄悄地退出，一面心中暗想：原来她是怕我在司令面前说她的坏话，所以她先落手为强地来捉弄我的错头。啊呀，这一个女人真有心计，我也算是个足智多谋的人，竟也会上她的当！唉！可见女色的魔力，真是超越一切的了。不说思堂自己暗暗地懊悔，再说碧桃见思堂走后，便问露茜这是怎么一回事儿。露茜不肯实告，只说思堂偷偷上楼来调戏自己。碧桃暗暗好笑，说"思堂这个狗奴才真是在交墓库运了"。

世雄回到家里，本来想要马上去告诉雪华，但此刻天已入夜，况且自己累了半日，身体也觉疲倦，所以匆匆地回房中来休息。谁知没有五分钟，他的妹妹素琴跟进房来，叫道："哥哥，你在什么地方？怎的一下午就找不到你的人？"

世雄笑了一笑，说道："我在想办法要救自强的性命，冒了许多的危险，总算把自强的性命挽回过来了。"

"真的吗？那么你用了什么办法呢？自强他现在已被释放了吗？"素琴感到意外的惊喜。

"这件事情说起来话很长，而且也非常的曲折，就是告诉了你，恐怕你一时里也不会相信。"世雄心中很得意，但也觉得很有趣，忍不住笑嘻嘻地回答。

"到底是怎么的一回事儿？你不要叫人家闷在肚子里干着急。哥哥，你还是快点儿说给我听吧！"素琴不知他葫芦里卖的什么药，跳了跳脚，表示她心中是十分的着急。

世雄这才把经过的事情原原本本地向素琴告诉了一遍，并且笑道："妹妹，当时我躲在衣橱里，听他们在房中做了这许多时候活把戏，你想，叫我心中感到好笑不好笑呢？"

素琴听了这才恍然大悟，她在好笑了一阵子之后，忽然想到了什么似的，却又替哥哥感到忧愁起来了，说道："哥哥，虽然你的计划是成功了，不过你答应露茜一同远走高飞的问题怎么样解决好呢？因为你冒了这样大的危险去相救自强，我很明白你完全是为了爱上了雪华的缘故，现在自强虽可无罪，你难道真的和露茜远走高飞去结成一对吗？假使你是骗骗露茜的话，我想露茜是绝不肯放过你的，到那时候事情闹大了，恐怕就有许多的麻烦，所以这一件事情倒应该有个考虑才好。"

世雄皱了眉尖儿，低低地说道："我何尝不想到这些事情？但是先救出了自强，再作道理。对于露茜一方面，我可以慢慢地向她敷衍。只等一有机会，我想脱离家庭，和自强一同去干一些有益于中国的工作，总比死守在家里做一个汉奸的儿子终要有意思得多了。"

素琴点头说道："哥哥的话很有勇气，我也有这一个志愿，因为我们不能为了这一个黑暗的家而牺牲了自己终身的幸福和前途。"

兄妹说到这里，小红前来找他们吃晚饭。于是两人把话收住，遂匆匆地走到上房去了。到了第二天，世雄一早起来吃了早点，便踏了自由车到雪华家里去。跨进院子，叫了两声李小姐，却没有人答应。心中奇怪，把自由车放过一旁，三脚两步地走进草堂，连声地又叫着李小姐，谁知仍旧不见有人答应。良久，才听到房中有个苍老的口音问道："外面是谁？请进来吧！"

世雄遂匆匆地走进房中，只见上首床里躺着一个老年人，正是雪华的父亲李相云。他就挨近床边，低低地叫道："李老伯，雪华小姐没有在家里吗？你……老人家莫非有些不舒服吗？"

相云竭力支撑着倚靠在床上，有些气喘的样子，说道："雪华她……她请医生去了，因为……因为我昨天回家听到了这不幸的消息，却全身发热得病倒了。"

"既然老伯有病在身，你快不要靠起床来。对于令郎这件事情，我已设法把他救出来了。所以老人家只管放心，可以不必再担忧愁了。"世雄一面向他告诉，一面向他低低地安慰。

相云听了这个消息，他的精神突然兴奋了许多，急急地问道："文少爷，你这话可是真的吗？"

"当然是真的，我如何会骗你？"世雄含笑回答，他又去扶相云的身子，接着说道，"老伯，啊！你身上发烧得很厉害，我劝你还是快睡下来。这样子太吃力了，我是用不到你来招待我的。"

相云抱了两拳，向世雄连连地拱着，说道："文少爷，承蒙你救了我的孩子，那你真是我的大恩人了，不知叫我何以为报？那么我的孩子他人在哪里呀？"

"自强兄因为被捉时身上略受微伤，所以释放后送他到广民医院里去调养，大概明后天就可以出院的。"世雄低低地告诉。

相云微微地叹了一口气，说道："中国已经到了这样危险的时期，这一帮出卖祖国的走狗，还要助纣为虐地杀害自己的同胞，这真是太叫人心痛了……"说到这里，忽然想到雪华告诉自己世雄是个处长的儿子，那么我岂不是当面在辱骂他吗？心中一急，那额角上的汗点像雨点一般地冒上来。但世雄却并不注意到这许多，他反而表示十二分同情的神气，说道："是的，这帮汉奸真是太可杀了。"

相云想不到他会说出这一句话来，一时倒呆呆地愕住了。正在这时候，雪华匆匆地从外面进来，一见世雄便急急地问道："文先生，我哥哥……不知有没有救他的希望啊？"

世雄见了雪华，便迎上一步，握了她手儿，说道："李小姐，你不要着急，我已向你爸爸告诉了你哥哥已救，他没有罪了。"

"啊！文先生，你这样热心仗义，叫我们拿什么来报答你才好？"雪华的粉脸由忧愁而转变到喜悦，她含情脉脉地望着世雄，表示她真有说不出感激的样子。

"我们都是年轻的人，用得了什么报答两个字吗？"世雄把她纤手儿温和地抚摸了一会儿，妙语双关地回答。

雪华也许是心有灵犀一点通，她逗给世雄一个倾人的媚眼，把纤手缩了回来，红晕了面庞，却默不作答。相云见女儿好像害羞的神气，遂叫道："雪华，文少爷来了好一会儿了，你快沏杯茶给他喝呀！"说着又向世雄含笑道，

"文少爷，你请坐一会儿，家里脏得不像样，您别见笑。"

雪华哦了一声，趁此便跳跑出去。这里世雄连说了两声哪里，他在椅子上坐了下来。不多一会儿，雪华端了一杯茶送到世雄面前，说道："文先生，我还没有问你，我哥哥人在哪里呢？"

相云不待世雄说话，他就代为告诉了。雪华很难过地叹了一口气，说道："我哥哥真也太可怜了，文先生，不知伤在什么地方，大概有没有什么要紧？"

"是一点儿皮伤，没有什么关系。李小姐，你若放心不下，我此刻可以陪你去望望他。"世雄向她低低地安慰。

"此刻快近十一点了，况且医生也就要来了，我想下午文先生陪我一同去望哥哥好吗？"雪华看了一下桌子上的时钟，轻柔地要求他。

"那也好，我此刻回去了，下午再来陪你吧！"世雄终不好意思在人家那里吃午饭，所以便站起来说。

雪华见他这么说，便立刻拦到他的面前，很急地说道："文先生，你这是什么话？假使你不嫌我家饭菜不好，那么就请你在这里吃便饭。"

"因为你爸爸病着，你自己忙得透不过气来，我若再打扰你，叫我自己心里也说不过去。"世雄笑了一下，他似乎很不好意思的样子。

相云在床上说道："文少爷，我们又不再去添烧什么好小菜，忙不了什么的。其实我原也没有什么大病，都是心中一急的缘故，此刻既然听到了你这个好消息，我的病已好了一半，不看医生也没有多大关系了。"

雪华笑道："你听见了没有？我爸爸的病也是为了哥哥的缘故，现在哥哥有了救星，他的病也就好了。文先生，那么你就吃了饭，陪我一同去吧！"

世雄见她微仰了粉脸，含了倾人的媚笑，这意态是分外的美丽，于是点头笑道："既然这么说，恭敬不如从命，只不过你千万不要太忙，小菜我不讲究，越简单越好。我平常很爱吃青菜，因为菜蔬里有维他命，所以只要一碗青菜，我可以吃得下两碗饭。"世雄所以这样说，因为知乡村里青菜是现成的东西，所以不必叫她忙碌的意思。

雪华听他这样说，倒忍不住嫣然地笑起来，说道："也好，那么我准定只烧一碗青菜给你吃，你说好不好？"世雄点了点头，因为她说话的意态显出十分的天真，因此在脑海里对雪华更有一个不可磨灭的印象。

正在这时，院子外面有人在说话，雪华匆匆地出外，不多一会儿，领了一个医生进来。医生给相云诊过了脉息，看过了舌苔，开了一张方子，说没有什么大病，吃一帖药，明天就好了。雪华给了诊金，送他走后，要去抓药。相云说："这种草头药，不吃也没有关系。时候不早，还是先去做饭菜要紧。"雪华点头说好，遂向世雄笑道："文先生，你和我爸爸做一会儿伴吧！"一面说，一面已是跳出房外去了。

这里世雄伴着相云聊了一会儿天，雪华笑盈盈地走进来，说道："文先生，请你到外面吃饭吧！"世雄道："那么你爸爸的饭怎样办？"相云道："我此刻倒没有饿，文少爷，你不要管我，只管自己先去吃吧！雪华，你给我招待招待文先生。"雪华应了一声，遂和世雄走出房外。只见桌上已放了四菜一汤，一碗是鲫鱼，一碗是竹笋，一碗是萝卜，一碗便是青菜了。世雄笑道："烧了这么许多的菜，真把李小姐又累忙了。"

雪华呀了一声，笑起来道："忙不得什么，都是乡下现成的菜蔬，又不花费钱，你还客气，真叫人不好意思。文先生，时候不早，已经饿坏了你，快坐下来吃吧！"

世雄在桌旁坐下，搓了搓手，笑道："你怎么说不花钱，难道可以空手去问人家拿取吗？"

"说起来你还不相信，我说给你听吧！院子外不是有丛竹林吗？竹笋每年我们都有的吃；萝卜、青菜我们后面有田园，自己种自己吃，又不花钱的；至于这碗鲫鱼，是我爸爸昨天在河里捕来的，你想，哪一样是花钱的？"雪华露着雪白的牙齿，一面絮絮地说，一面却忍不住嫣然地笑起来。

世雄也忍不住好笑道："这样说起来真的不花一些儿钱的。不过油盐酱醋的作料，终得花钱去买吧？"雪华这回没有说什么，却只管哧哧地笑。世雄一面端了饭碗，一面说道："李小姐，那么你也坐下来吃呀。"雪华哦了一声说道："我先去端一点给爸爸吃，让爸爸吃舒齐了，我们可以一同去看望哥哥了。"世雄道："你这话说得有理，那么你快点儿去端给老伯吃饭吧。"雪华点头，遂到院子里端饭菜到卧房里去。不多一会儿，雪华又匆匆出来，笑道："爸爸埋怨我一点儿也不懂事情，怎么客人一个人在外面吃饭，我竟不来陪陪？我想想这话倒也不错，但文先生一定不会怪我慢客的吧？"

世雄笑道："这是你爸爸太客气了，其实我是绝不会见怪的，不过李小姐能陪着我一同吃饭，那当然是叫我十分的欢喜。"雪华红晕了粉脸，微微地一笑，盛了一碗饭，在旁边陪坐了。她先把筷子夹了一叉鱼，放到世雄的饭碗里，说道："文先生，已经没有什么好的小菜，你可千万不要客气。"

"不会，不会，假使我要客气的话，我也不在这里吃饭了。"世雄见她对待自己这样亲热，心里真有无限的甜蜜，

121

他觉得这一种举动，比互相拥抱接吻真要有意思得多了。

两人静静地吃了一会儿饭，雪华忽然想到什么似的，问道："我哥哥能够无罪，大概是你爸爸的力量吧？"

世雄被她这一问，倒是愕住了一回，暗想：这叫我如何回答好呢？因此也只好含糊地说了一声，接着又低低地说道："李小姐，我有句很冒昧的话向你说，但不知你能不能答应我呢？"

雪华的芳心突突地跳跃起来，她的颊上浮现了一朵红云，有些娇羞的样子，说道："有什么话你就只管说吧！我认为可以做得到的，我当然可以答应你。"

世雄觉得她这几句话，确实已有温柔的成分，遂很大胆地说道："李小姐，我这次相救你的哥哥，实在是冒了很大的危险。我向你坦白地说，我所以冒着这样大的危险，是因为爱你的缘故。所以在你哥哥出险之后，我也情愿脱离家庭，和你哥哥一同去干一些有作为的工作。不过我要求你，请你能够答应我们成为一对夫妇……"世雄虽然是说了出来，但他自己也感到很不好意思起来，红了脸，却不敢抬头。

雪华因为世雄很有怕羞之意，自己倒反而显出大方的态度来了，诚恳地说道："我哥哥倘然真的被你救了性命，那你就是我们李家的大恩人，照情理上说，我们也应该有所报答，况且你又是一个不被环境所引诱的青年，我心里也很敬佩你……"

世雄不等她再说下去，他猛可地抬起头来，握住了雪华的手，兴奋得什么似的，笑道："李小姐，你果然没有轻视我这个人吗？你果然也有爱……哦！我真是太感激你了。"

雪华被他这突如其来的举动，臊得两颊绯红，娇羞地乜斜了他一眼，低低地说道："文先生，不过我终要见到哥哥出险之后才能作准。"

"那是当然，李小姐，难道你还不相信我这些话吗？我们快点儿吃完饭，一同到医院去吧！"世雄慢慢地缩回了手，表示十二分的诚实。

雪华点了点头，两人匆匆地饭毕。世雄便到房中去望相云，只见他已靠在床栏上好像在想什么心事，遂叫道："老伯，你吃过饭了吗？"

相云道："我吃了半碗，文少爷，没有好的小菜，今天真委屈了你。等我病体能够起床的时候，我再请你好好的吃饭。"

"老伯，你不要客气，今天的菜都很合我的胃口。"世雄微微地一笑，他一面在床边坐下，一面在袋内摸出烟盒子，递过去给他吸烟。相云摇头道："对不起，我在病中是不吸烟的。啊！我们真糊涂，文少爷来了许多时候，却没有敬烟呢！雪华，拿火柴来。"

世雄忙道："我有打火机，老伯你别忙。"说着取了火吸烟。这里两人谈了一会儿之后，时钟已敲一点半，相云很焦急地叫道："雪华，你怎么了？这许多时候难道还没有把事情料理好吗？"

"好了，好了，爸爸，人家不是要换一件衣服吗？"随了这一句话，雪华笑盈盈地从外面走进来。世雄定睛一瞧，只见雪华换了一件淡青花呢的旗袍，脚下还穿了一双奶油色的皮鞋，头发似乎也整理过了，脸部也化过妆了。女人最要紧的是打扮，雪华在这样装饰之下，世雄眼前亮了一亮，觉得她的美丽、芬芳之中带了清幽，好比花中之菊，若和露茜相较，那露茜似乎是差得远了。

雪华被他这一阵子呆呆地出神，心里很难为情，两颊也越发红起来。本来已经涂过了一层胭脂，此刻自然更像玫瑰花朵般的好看了。她转了转乌圆的眸珠，哧地一笑，说道："文先生，干吗？你难道不认识我了吗？"

"真的，你穿了旗袍，好像是换了一个人，我真的有点儿不认识你了。"世雄满面含笑地回答。

雪华赧赧然报之以浅笑，说道："那么我们可以走了，快两点钟了，时候也不算早了。"世雄点头说好，遂向相云告别，和雪华一同走出了院子。世雄推了自由车，回眸望了雪华一眼，说道："李小姐，你坐在自由车后面好不好？"

"好是好的，只不过你不要给我跌一跤。"雪华很妩媚地回答。

"不会不会，你可放心，我踏自由车的门槛也相当精呢！"世雄一面说，一面扶她坐在后面书包架子上，然后自己跨了上去。雪华胆子很小，两手拉了世雄的身子，很有劲儿的神气。世雄虽然并没有见到她着急的表情，但他感觉上是很知道雪华有些害怕，所以低低地说道："李小姐，胆子只管放大些，不用害怕的。"

雪华嗯嗯地应了两声，起初确实是很害怕，但经过了一程子路以后，她也觉得很自然了。世雄踏自由车以来，在后面载了这么一个美丽的姑娘，那实在还是破题儿第一遭，想到这位姑娘就是自己未来的妻子，心中的喜悦和甜蜜真是难以形容的了。这时阳光暖和和地照着大地，四周绿叶茂盛，田野间小麦都将成熟，风吹麦穗，像波浪般的翻动，路上的景致，也颇不寂寞。世雄笑道："李小姐，你看这大自然的风景，是多么的优美，假使我们能够优游其中，以度岁月，是多么的幸福和快乐呢！"

"你这话虽然不错，但在这个年头，我们身为国民之一，恐怕也不忍有此享福之念头吧！"雪华却微微地叹了一口气，很感触地回答。

世雄听了自然十分羞惭，低低地道："李小姐此话对极，这是所谓匈奴未灭，何以为家？所以我们应该卧薪尝胆，以待光明来临。"

"不过这也绝不是空口说白话而可以达到目的，我们年轻之人，总要说得到、做得到才好。"雪华又低低地刺激他。

世雄静默了一会儿，忽然自念着道："靖康耻，犹未雪。臣子恨，何时灭！驾长车，踏破贺兰山缺。壮志饥餐胡虏肉，笑谈渴饮匈奴血。待从头、收拾旧山河，朝天阙。"

雪华听了，说道："岳武穆的《满江红》是够激昂慷慨的，我也十分爱读。尤其在目前的中国，何尝不像南宋时那样的危险呢？"

"我想你对于诗词一定很有兴趣，何不也作一首诗来听听，饱饱我的耳福？"世雄向她低低地恳求。

"啊呀！你这人真也有趣了，像我这样乡村里的庸俗女子，根本可说是个亮眼瞎子，哪里还说得上作诗两个字？"雪华哈了一声谦虚地说。

世雄忙道："李小姐，你若这般客气，那就叫我更惭愧得无地自容了。我知道你是个女学者，而且你还是一个不

126

平凡的女性，你所以隐居乡村，当然是另有作用。像你此刻这么的打扮，还不是一个时代的女子吗？李小姐，我想你一定藏着满腹的学问，你就慷慨地拿出来给我见识见识吧！"

雪华想了一会儿，说道："那么我就胡诌几句，也无非是有感而发，你听着吧！'国破家残四壁空，血染山河满地红。多少百姓遭荼毒，遍地虎狼逞威风。幸有三军气如虹，誓死杀敌去冲锋。光复河山已有待，消灭倭寇捣黄龙。'文先生，我念是这么念了出来，可是你千万别向日本人去报告吧！"

世雄听她念毕，不住地点头，从这一首七律中就可以知道她的抱负了。谁知正在暗暗赞叹，却又听雪华这样说，一时心里不免有些怨恨，说道："李小姐，你说这些话，叫我听了，心里十分难受，难道你把我还当作汉奸一般看待吗？"

"不，不，我和你原是开玩笑而说的，你何苦认真起来？"雪华也自觉失言，遂只好含笑向他解释，接着说道，"文先生，那么你也念一首给我听听好吗？"

世雄道："也好，不过我没有你念得好。"雪华笑道："你还没有念出来怎么知道不及我好呢？"世雄没作答，沉吟了一会儿，方才念着说道："自由空气久隔断，河山半壁月不圆。胡笳声声吹不绝，触耳心碎鼻中酸。壮士热血沙场流，十家哪有九家全？遍地烽火成焦土，谁人能不泪长悬？"

雪华听他念完，不胜唏嘘，叹了一声，说道："你虽然没有遭受到敌人铁蹄下的蹂躏，不过你能知道许多老百姓在受这样的痛苦，所以你还不失是个明亮人。"

世雄道："假使我是个丧失心肝的人，我也不会去救你的哥哥了。"两人一路谈天，一路进城，车到广民医院门口停下，时已三点左右。世雄把自由车放在寄放处，然后和雪华挽手进内，不料在走廊遇见一个华丽的少妇，她一见世雄，粉脸变成了铁灰的颜色，冷笑一声，说道："世雄，你太不应该了！"世雄见了那少妇，全身一阵子发烧，那一颗心也忐忑地乱撞起来了。

七　酸入骨髓情敌在眼前

露茜这天下午，特地在浴室里洗了一个澡，用最上等的香水精，浑身上下都洒遍了，然后穿了一件最华丽的旗袍，便坐车到光明饭店里。她到三楼开了一个十五号的房间，坐在沙发上，一面吸着烟卷，一面呆呆地想着一幕不可思议神秘的幻想，她嘴角旁是露了一丝笑意，虽然这是幻想，不过今天下午是一定可以成为事实的。露茜吸完了烟卷，站起身子，对着玻璃大镜子扭捏着腰肢儿横照竖照，觉得自己的腰身是够窈窕的了。世雄任他是个鲁男子、柳下惠，回头若见了我的美色，恐怕也会动起情来吧！露茜只管得意地想着，但时间却毫无感情地一分一分过去，直等短针已指在两点钟的时候，她才开始有点着急起来。心中暗想：难道世雄真的竟会失了我的约吗？可见他并不是真心爱我。假使他真心爱我的话，恐怕等不到下午早已急急地赶来了。一时心中又有说不出的怨恨，觉得像自己这般艳丽的女子会得不到一个男子的爱怜，那不是叫人感到太奇怪了吗？想到这里，她不住地在房中转圈子，而且又深深地叹着气，她越想越气，觉得世雄昨天来望自己，完全是为了利用自己救那个刺客的缘故。于是她想到医院里去逼问那个凶手，是不是和世雄有密切的关系？假使果然是好朋友的话，那么世雄对我可见完全是一番假情假意了。想定主意，她也不再等世雄到来，遂匆匆地坐车到广民医院里望自强去。

找到了自强的病房，推开房门，只见自强脸上包扎了纱布，倚靠在病床上。他的脸本来是向窗外望着，此刻听得皮鞋脚步声，遂回过头来，一见到露茜，显出十二分惊奇的目光，望着露茜却是呆呆地愣住了。露茜从光明饭店出来，心中是万分的愤怒，但此刻见了自强之后，她自己也不知道该说哪一句才好。一会儿还是自强先开口说道："陆太太，多蒙你救了我的性命，我心中真是一万分地感激。你真是一个不平凡的女性，我想你一定也是一个爱国的好女儿。并不是你救了我，我就向你说这些话，因为中国在这存亡关头的时候，我们青年都是挽救国家的人员，所以你救了我，不啻是救了中国一样。我觉得中国有你们这样热心的好女儿，我们中国人是绝对不会亡在一个小小日本的手里！"

露茜从来也没有听到过人家向自己有这一种赞美颂扬的话，此刻听了自强的话，她的心里在得意之下，情不自禁地也对自强表示好感起来，遂在他床边坐下了，低低地问道："你知道我是谁？"

"咦！昨天你不是告诉过我，你是沈司令的太太吗？"自强觉得她问得有些奇怪，忍不住咦了一声回答。露茜点头道："你知道我为什么要救你？"

这句话倒把自强问住了，呆了好一会儿，方才说道："那你当然是为了爱护人才的意思，虽然我不敢自认是个了不得的人才，但至少也是为国的一员工作人才。一个国家固然需要足智多谋的将才，但也需要奋不顾身的干部人员。陆太太，你说是不是？"

露茜听他只管捧着自己，遂也不好意思再提起世雄这个人来了，点头道："你真是明白我的意思，因为你是一个有用的人才，假使眼看着你被他们残忍地害死了，这不是太可惜了吗？我问你，你到底姓什么，叫什么？"

"我确实姓李，名叫自强。想你救了我的性命，我怎么还敢向你说谎呢？"自强表示十二分诚恳地回答。

露茜道："不知道你家住什么地方？父母兄弟有几个？你干这份工作有多少日子了？"

自强对于她问的这几句话，倒不肯直爽地回答，遂沉吟了一会儿说道："我的家当然不会在南京城里的，有一个父亲，可是却没有母亲。陆太太，不，应该是沈太太，我倒要问你一句，既然你有这样爱国的思想，但你为什么甘心情愿去做丧失心肝走狗的女人呢？我想也许你是被强迫的吧？"

露茜被他这样一问，两颊也微微红晕起来，暗想：我现在虽然是做了司令太太，在当初自以为是万分光荣的事，但出乎意料的是一般人都并不以为我是尊贵，反而代我可惜，从而可知做汉奸是件多么卑鄙的事情了。想到这里，她有点懊悔，觉得与其不名誉地享乐，倒还不如名誉地吃苦来得痛快。这就不得不低低地说道："李先生，你哪里知道我心中的痛苦。想我是个孤苦伶仃的弱女子，一旦落在猛兽一般的沈司令的手里，叫我还有什么反抗的能力呢？"她说到这里，似乎有些悲哀的样子，眼角旁自然而然地涌上一颗晶莹的眼泪来。

自强见她这一副楚楚可怜的模样，倒也激起了十分的同情，遂说道："你知道现在国际的局势吗？日本已完全失却了过去几年的淫威，他们只知道用重兵向中国土地进攻，但他不知道国内是已经空虚得十分厉害，所以有一天我们中国有个总反攻的时候，那么日本立刻可以无条件投降。

日本若一投降，试问你还是一个司令太太吗？只怕就要变成祸国害民的罪魁祸首了。沈司令做了叛逆，你当然同样也要受法律的制裁。所以我为你的前途设想，你千万清楚你的头脑，自己睁开眼睛来走一条光明大道才好。本来我绝不肯向你劝这些话，因为你不是一个真正杀人的帮凶，既然你用了一番苦心来救我，我当然也不能不报之以李了。然而听不听还在你自己的身上，我也只不过是空说说罢了。"

露茜点了点头，她虽然是并不知道有什么爱国思想，然而为了世雄的爱，她本来就有脱离沈司令的意念，遂说道："李先生一番金玉良言，我自然是十分感激，不过我已经落在他这个圈子里，要想恢复自己的自由，那也并不是一件便当的事，所以我需要有一个考虑。"

自强觉得她虽然还有些三心二意，不过一个弱女子在这样环境之下，那当然也怪不了她的，便点了点头，不再说话。两人静默了一会儿，露茜似乎有些熬不住了，她终于又开口问道："李先生，你在这里有什么要好的朋友吗？"

这句话似乎问得很突兀，自强不由得猜疑了半晌，说道："沈太太，我不明白你这句话是什么意思？"

"也说不上是有什么意思，我想你在异乡客地孤零零的，难道就没有一个朋友照顾照顾你吗？"露茜装作木然无知的神情，表示毫不相关地问他。

自强道："像我们为国家效死的人们，只要是中国的同胞都是我的好朋友，他们也都会照顾我的。比方说沈太太吧，我和你素昧平生根本毫不相识的，你不是也热心地来相救我吗？所以我的朋友到处都有的。"

露茜暗自想想，倒忍不住好笑，因为自己所以救他，完全是受了世雄的重托，假使没有世雄的怂恿，我如何会做这样的傻瓜？不过他既然这样说，也只好点了点头说道："你这话倒也不错，但我要问你一个人，他叫文世雄，不知道你和他有什么特别的交情吗？"

"文世雄？"自强有些模糊的样子，自己问着自己。露茜继续问道："是的，他说和你是好朋友，难道你记不起来了吗？"后面这两句话是露茜故意向他冒上去的。

自强想了一会儿，这就哦了一声，说道："是了，不过并不能算是好朋友，因为我们只见过一次面。"

"那么你们真的认识是不是？"露茜有些惊慌的神情，她心里开始有点悲哀，因为他们果然是认识的，那么世雄昨天到我这里来，可见得完全是为了利用我了。

自强见她那种表情，心里有些奇怪，所以问道："沈太太，为什么你又显出不快乐的样子呢？"

"不，没有，没有。"露茜竭力镇静着态度回答，"李

134

先生，你和世雄是怎么相遇在一块儿的？"

"可是我先要问你，你和文世雄是什么关系？如何知道我和世雄是认识的？那似乎叫我有些奇怪。"自强处处地方不肯有明显的表白。

露茜笑道："文世雄和我什么关系？凭你这句问话，我确实知道你们交谊并不深厚，难道你还不晓得他是文处长的少爷吗？"

"哦，原来也是一个叛逆的儿子。"自强很轻视地说。

"可是你不要冤枉他，他的本身却是一个爱国的好男儿。"露茜代为世雄辩白着。

"哼！狗洞里哪会钻出麒麟来？"自强并不减少他内心的轻视，冷笑了一声，表示自己没有冤枉他。

露茜听他这样说，益发肯定他们是没有什么交情了，遂低低地说道："李先生，你对他这样没有好感，我都要说你太没有良心了。我老实地告诉你，你这次若没有世雄这个人，恐怕你是不会再活在这个世界上了。"

"啊！沈太太，你这是什么话？难道世雄他有权力来相救我吗？"自强不由得惊奇地从床上跳起来问。

"虽然他没有这个权力，但完全是他的力量。"露茜低低地回答。自强心中有些不大了解，可是他却也没有问下去。露茜此刻心中完全恨着世雄的没有情意，所以也没有心思再在病房里坐下去，她站起身子说道："李先生，我走了，你伤势一好，自己识相，还是早点远走高飞，免得再度被捕，倒反而连累了我。"

"承蒙热心地关照我，我是一万分地感激你，倘然我有得意的一日，终不会忘记你这次冒认哥哥相救的大恩。"自强见她向门外走去，遂很感动地说。

露茜已经是走到房门口了，在听到他这一句话之后，忽然她芳心怦然地一动，立刻又回过身子来，走到他的床边，凝眸向他呆然地望了良久，可是脑海里，浮上了世雄英俊的脸，方才怏怏地又向房外走出去了。

这在露茜的心中当然已经感到十分的愤怒，而在走廊里突然见到世雄和一个很年轻而又很漂亮的少女挽着手儿从外面走进来，妒忌的火更是在她胸中燃炽起来，粉脸儿也变成了铁青的颜色，猛可地抢步上前，把世雄胸口一把抓住，冷笑道："世雄，你太不应该了！"

世雄见到露茜的时候，已经急得一颗心突突地乱跳，此刻被她一把抓住了，因此更急得连一句话都说不出来。不过旁边还有一个雪华在这，自己若不加以辩白，雪华倒还以为她是我的妻子了。便用很自然的态度，笑道："司令太太，我失了你的约，这确实是我的不好，请你不要生气，我来向你赔一个礼好不好？"

露茜听他此刻倒又叫起司令太太来了，可见他在他的女朋友面前，完全是假痴假呆地难堪我，一时恨到极点，几乎伸手要掌了世雄几下耳刮子，但转念一想：到底我还是司令太太的地位，况且世雄不是我的丈夫，我有什么权力可以干涉他不许交女朋友呢？不过所恨的就是他既然有爱人，就不该花言巧语地来利用我，叫我在光明饭店里空等了这许多时候，这是多么的可恨。于是放下了手，向雪华斜望了一眼说道："这并不是赔礼不赔礼的问题，请介绍这位小姐……"

"哦，我来介绍，这是我的好友李雪华小姐，这位是司令太太陆露茜小姐。"世雄并不因她的怨恨而感到局促，他还是这样介绍着。

雪华虽然明知其中有些桃色纠纷，不过她是绝对装作毫不介意的样子，向露茜含笑弯了弯腰，叫了一声司令太太。露茜是恨在心里，但表面上也不肯丢女人家的脸，所以还满面含笑地去握住了雪华的手，显出了无限的亲热。忽然她又想到了什么似的，奇怪地问道："李小姐，你和世雄到医院里来干吗？难道是望什么病人来的吗？"

雪华道："是的，因为我哥哥有些不舒服，所以在医院里休养。"露茜乌圆眸珠一转，这才理会过来，哦了一声，说道："你哥哥是不是叫李自强？在这里在这里，我来领你

137

们进去吧！"

三个人向自强病房里走，各人心中都有不同的感想。露茜这时才完全明白了，她知道自己给世雄利用得可怜，因此痛恨得不得了，她想慢慢地非有一个报复不可。雪华心中是非常的奇怪，为什么司令太太也会认识我的哥哥？难道其中还有什么秘密不成？世雄是只有心中干急，他说不出什么话来，因此也只好默默地跟了她们向病房里走。三人到了病房，雪华早已奔到床边，抱住了自强，叫了一声哥哥，也不知是悲是喜，眼泪忍不住扑簌簌地滚落下来。

自强见了妹妹，连忙抱住了她，笑道："啊！妹妹，你怎么知道我是受伤在医院里呢？我没有什么重伤，你千万不要太伤心吧！"

雪华拭了拭眼泪，回头指了指世雄，说道："哥哥，这位先生你难道不认识吗？是他救了你的性命，所以陪了我来望你的。"

"是他？"自强向世雄望了一眼，忽然哦了一声，说道："是的，我想司令太太大概是受了文先生的重托吧？"

世雄没有办法，只好含笑点了点头。雪华似乎也有些明白过来，很快地又走到露茜面前，握住了她的手，说道："司令太太，那么你也是我哥哥的救命大恩人了，我心里真是十分地感激你。"

"你也不必说什么感激的话，我很想和你到外面去谈谈。来，你跟我一同来吧！"露茜拉了雪华的手，要走出房外去的样子。世雄却走上来把雪华拉住了，说道："司令太太，人家兄妹相见在一处，总有许多要说的话，你怎么把她拉到外面去说话呢？"

"好，那么你跟我来说几句话吧。"露茜想不到世雄会这样毫无情意，她气得全身有些发抖，说了一声好字，便把世雄恶狠狠地拖到外面去了。

病房外的小院子里，有几棵高大的银杏树，下面有一张亮眼的长椅子。露茜把世雄拖到椅子上坐下，未说话前先哭了起来，说道："世雄，原来你是为了爱上了他的妹妹，所以才想救她的哥哥，可是你不应该利用我的力量，来成功你们的爱情。世雄，你为什么用这种卑鄙的手段来欺骗我？你不是答应和我结成一对儿吗？现在你得到了愿望，你就把我当作眼中钉，你想这样随随便便地把我抛弃了吗？哼，我警告你，天下没有这样容易的事情！你既然对我这样寡情薄义，我也绝不会放你们去过快乐的日子。"露茜起初还是带哭带泣地说着，但到后面的时候，因为心中实在气愤到极点，所以她满面显出愤怒的神气，表示她有报复的意思。

世雄脸色呈现出一种极度紧张之后，他又慢慢地平静下来，微微地一笑，说道："陆小姐，你不要忘记，你是一个司令太太，我虽然有爱你的心，可是我实在不敢这样做，假使被司令知道了的话，我问你，我们的脑袋不是要搬场了吗？"

"好，好，你还要假痴假呆拿这些话来搪塞我，你不是说和我一同脱离这一个环境吗？现在我统统明白了，你也不必再说什么废话，总而言之，你若不爱我的话，那么你和李雪华也休想有团圆的一日！"露茜十二分决绝地说。

世雄没有回答，呆呆地愕住了一会儿，似乎有一阵子考虑。这时雪华也匆匆地从里面走出来，她见两人脸色都不好看，遂低低地问道："司令太太和文先生在这里谈些什么话呀？"

露茜一见雪华，她此刻再也忍熬不住了，就站起身子，板住了面孔，认真地说道："李小姐，你来得正好。我问你一句话，你可知道你自己做了一件忘恩负义的事情了吗？"

"我做了一件什么忘恩负义的事情？我委实有些不知道，还得请司令太太指教才是。"雪华微红了粉脸，低声地回答。

露茜冷笑了一声，说道："你知道你哥哥的性命是谁救的？"雪华道："在当初我只知道是文先生一个人救的，但现在我明白了一大半还是司令太太的力量，所以我老早就

140

向你表示万分的感谢。"

"既然你是万分的感谢，可是你不应该受恩于人，反而和施恩之人苦苦作对，我问你，你的心肝在什么地方？"露茜依然毫无一点儿笑容地向她责问。

"司令太太，我并没有和你作对呀，请你不要误会我好不好？"雪华有些窘的态度，轻声地说。

"还要花言巧语来蒙骗我吗？我老实拆穿你说，你为什么不知廉耻地要夺我的爱人？"露茜忍无可忍地向她说出了这两句话，她鼓着红红的桃腮，眼睛里几乎要冒出火来的样子。

雪华向世雄望了一下，微微地一笑，说道："司令太太，想不到你除了司令之外，倒还有爱人的吗？不知道你的爱人是谁？我真有些弄不清楚。"

露茜听她说得怪俏皮的，分明是包含了讥笑的成分，这就痛恨到了极点，赶上去伸手要打她的耳光。雪华在倒退一步之间，世雄早已把露茜拦住了，说道："请你不要动手打人，有话慢慢地说吧！"露茜见他庇护雪华，一时愈加愤怒，遂狠狠地说道："你们不要把我太欺负了，雪华，我对你说，你自己识相，快点儿退让了，我就马马虎虎地饶了你。否则，你哥哥的性命，还是在我的手中。"

雪华仔细一想，方才有点恐怖起来。所以呆呆地沉思了一会儿，方才下了一个决心的样子，说道："司令太太，你请只管放心，我雪华绝不会夺你的爱人，在当初我所以接受世雄的爱，因为我不知道你也会爱上了世雄，现在我既然一切明白了，我就情愿退让在一旁，绝不可能和你角逐情场的。文先生，并不是我没有情意，因为爱情这一件东西绝不能有第三者参加其间，所以我为了保全哥哥的性命，我希望你们成功一对儿。"雪华回身又向世雄低低地说，说到末了，她眼皮儿微微地一红，大有凄然泪下的样子。

世雄这时候觉得左右为难，假使他一味地给露茜难堪，那么自强兄妹一定要遭她的毒手；倘若他放弃了雪华，这叫他心中无论如何也舍不得的。不过在眼前总得有个随机应变才好，遂对雪华说道："李小姐，我为了救你的哥哥，我只好辜负你的爱情了。"

雪华没有回答什么，叹了一口气，便匆匆地又走进病房去了。这里世雄含了内心痛苦的微笑，挨近了露茜的身子，低低地说道："司令太太，不，陆小姐，现在我是属于你的了，你总应该可以相信我的了。"

露茜噘了噘嘴，并不深信的神气，说道："我真不会相信你，雪华若在世界上一天，你就绝不会有真心爱我的一天。"

"不，不，陆小姐，请你不要太多心了！我告诉你，并不是我这样无情无义地辜负了你，实在因为我和雪华有深厚的爱情。现在我割掉她的爱，来爱上了你，你不是完全胜利了吗？"世雄是一味地向她软语安慰。

露茜哼了一声，说道："既然你是真的爱上了我，那么你此刻快跟我一同走吧！"世雄道："能不能我去和他们兄妹再说上两句话？"露茜连说了两声不能，便拖着世雄匆匆地走了。

这里雪华在病房里和自强说着话，自强说道："妹妹，我想世雄一定爱上了你，所以他会这样热心地相救我，不过这位司令太太，恐怕对世雄也有好感的印象吧！所以我劝妹妹还是得再三考虑考虑才好，和这种有势力的女人角逐情场恐怕是很不值得的，再说世雄本身就是一个没有人格的叛逆。"

雪华虽然想替世雄辩白几句，但到底有些难为情说出口来，遂点了点头说道："哥哥，我很知道，我的意思，你今天还是出院了，早点脱离，免得发生什么意外。"

自强一听此话不错，遂点头说好，雪华于是向看护告诉出院的意思。谁知看护回答说，司令太太吩咐过，李自强这个病人若没有司令太太的命令，是不能擅自出院的。雪华听了，暗暗焦急，前来找寻世雄和露茜，谁知两人却

143

又不知去向。一时急得不得了，和自强商量办法。自强说道："你不要着急，等我明天伤势完全好了的时候，自然会安然出院的，刚才你告诉我说父亲有些不舒服，那么你还是早点回家去吧！"

雪华含了眼泪说道："他们不肯放你出院，分明还监视你的行动，这样看来，事情依然是很危险的，你叫我回家，可是我心中怎么能够放得下呢？"

自强却一味地安慰于她，雪华没有办法，也只好独自回家。这样过了两天，自强伤势完全好了。他在半夜三更的时候，偷偷逃出了医院。赶到家里，不料院子门并没有上锁，他轻轻进内，恐怕猎犬来咬，还叫着乔利的名字，谁知道走到草堂的时候，他被地上一件笨重的东西一绊，竟直接跌到地上去了。

八　顿起杀机血流满身边

世雄被露茜拖着走出了医院大门，门口停着一辆三轮车，遂拉了他一同匆匆跳上。世雄有些急促地问道："陆小姐，你预备带我到什么地方去呢？我学校里还要开同学会呢！"

露茜把手臂挟得紧紧的，冷笑了一声，说道："在我的面前，还会有这许多花样精的？老实对你说，今天你家里倘然火烧了，我也绝不会放你走的。"

世雄觉得今天的难关是不容易过去的了，因此皱了眉头，急得汗点像蒸汽水般地冒上来。车子在三岔路口的时候，车夫回头来问什么地方去，露茜向左一指，说了一声光明饭店，那车夫便点点头又开始驶行过去了。

"陆小姐，我们一男一女到饭店里去做什么？被人家看见了，恐怕很不方便吧！况且光明饭店里进进出出的都是

145

军部里几个人物，万一知道了我们在开房间，这可不是一件开玩笑的事情啊！"世雄虽然觉得今天是一个难关，但他还是竭力设法脱身。

不过露茜并不回答他，只管挟紧他的手臂，这种形式是很有些绑票的作风。世雄又不能在车子上挣扎跳跃而下，因此现出了一副尴尬面孔，真有点哭笑不得的神气了。

"不用扭扭捏捏像小姑娘的样子，走走走，快进去吧！"车到光明饭店门口，露茜付了车资，把他身子推了推，很有些生气地催促。世雄在这情势之下，竟没有了反抗的余地，暗想：看她把我吞吃了不成？这就不再考虑地跟她到里面去了。

世雄是个热情的青年，况且露茜更是一个浪漫的少妇。在走进房间之后，世雄虽然是抱定了主意，不肯去爱露茜，但在露茜种种引诱之下，他到底是做了情场内的俘虏。不过事后，世雄对露茜还是并无十分好感，而露茜对世雄相反地却有了新的认识。她想到沈司令这副丑脸，因此把世雄更爱得认为是自己的宝贝了。

天色是已经夜了，室中亮了电灯，因为灯罩的颜色很好，所以四壁的光线显得分外幽美。世雄坐在沙发上，低了头，想着刚才的一幕情景，他的心头有些羞惭和不安，他觉得自己是做了一件非法的事情。虽然自己是站在被动

146

的地位，但在良心问题上说，好像是对不住了许多的人。他的内心似乎有点气闷，这气闷连他自己也有些说不出所以然，遂不能抑制地深长地叹了一口气。

"世雄，你为什么呆呆地坐着出神？难道你心里还有什么不乐意吗？"露茜身上穿了一件很单薄的睡衣，坐在世雄的旁边，一手搭在他的肩上，一面含了倾人的娇笑，向他温柔地问。

世雄抬头在她脸上望了一眼，把头微微地一摇，说道："我自己也莫名其妙，好像心里有些闷。"

"那么抽支烟卷儿吧！"露茜伸手在茶几上烟罐子里取了烟卷，亲自塞到他的嘴里，并且又亲自给他燃了火。世雄说了一声谢谢，拿了烟卷，深深地吸着。露茜把娇躯偎到他的怀里，又嗔又笑地说道："唉！你还向我这样客气做什么？点一根火柴要道谢，那你谢我的事情可多着呢！"

"陆小姐，我不懂你这是什么话？我还有什么事情要谢你？"世雄回头向她不明白地问。露茜红晕了两颊，却向他甜甜地一笑，方才低声儿道："你还装作木头人，难道我待你的一片痴情还不算使你感到满意吗？世雄，我恨不得把我所有的一切都交给了你，甚至连我最宝贵的性命。"

世雄听了并不作答，反而又深长地叹了一口气。露茜奇怪道："为什么老是叹气？"世雄道："你虽然一片痴情

147

对待我，可是你害我做了社会上的罪人，而且使我在不合法的环境下牺牲了我的清白。"

"你的清白？"露茜急起来说道，"难道我们女人的身体这样低贱吗？世雄，你说得出这一种话，那叫我太伤心了。"露茜一阵子辛酸，眼泪滚滚地落了下来。

世雄对于她的哭并不表示一点怜惜的意思，反而冷笑了一声，说道："本来你不该太强迫我。"露茜听到这句话，顿时铁青了脸儿，顾不得许多，伸手在他颊上啪的一记耳光。世雄冷不防被打，一时也愕住了。露茜在打了他后，心中却又懊悔起来，女人家没有别的法宝，唯一的手段，那当然还是付之一哭。

世雄因为她这次是纵声地哭，恐怕被外面听见了要入内查问，所以虽然挨了她的打，却只好去劝慰她说道："陆小姐，你打了我，我不哭，你却还要哭起来，这算什么道理？"

"你的心肠也太狠毒了，你根本不用打我，凭你这一句话，就比打我更厉害着万倍，可怜我为了你，情愿牺牲一切，你竟一点不知好歹还来委屈我！我做人有什么滋味儿？我死在你的手里，我也甘愿的了。"露茜一面哭着，一面说着，神情是非常的悲哀。

世雄被她这样一来，心中才急了起来，只好拖住了她，低低地安慰她说道：“我的好小姐！你千万不要这个样子，事情总是我的不好，你就原谅我这一遭吧！”

“有什么原谅不原谅的，我问你，你把我身体占了，难道是我送上来的吗？你说你说。”露茜用了较强的语气去威胁他。

世雄不敢再有什么言语去刺激她，只好委曲求全地点了点头，说道：“这当然是我的不好，因为事实上到底还是我站在主动的地位。”

露茜听他这样一说，倒忍不住又好笑起来，遂拭了眼泪，说道：“现在别的我不要说，我只问你，我为你牺牲到这一种程度，你到底爱不爱我？”

“其实你不用问了，我当然十分爱你。”世雄心中很勉强，而表面上又不得不装出欢悦地回答。

露茜心中方才又滋长了甜蜜的意味，挽住了他的脖子，低低地说道：“你这话有些靠不住，我觉得你的爱人不是我，而是那一位李雪华小姐。”

“可是现在你我已成为一体了，我不能忘了你而抛弃你。”世雄竭力使她感到欢喜地回答。

“真的吗？我的世雄，我现在不能没有你，假使你离开了我，我就不能再活下去。世雄，倘然你有勇气带我一同走的话，我情愿离开这个恶魔王。”露茜把世雄抱得紧紧的，她微微地闭了眼睛，好像是得到了无上的安慰。

"不过我是一个不会赚钱的青年，我怕我们流浪到外面会受尽风霜的痛苦，所以我虽然和你有同样的心，却始终鼓不起这一个勇气。"世雄向她很有理由地拒绝。

露茜倒在他的怀里，口中虽然不说什么，但心里是暗暗地想：你不必蜜糖嘴巴砒霜心，我早已明白你是忘不了雪华，雪华一日不死，我终一日没有得到你的真爱。为了角逐情场，她心中慢慢地起了杀机，遂低低地说道："李小姐的容貌确实比我美丽，腰肢儿也确实比我生得窈窕，假使我是男子的话，当然也会拜倒她的石榴裙下。"

世雄当然知道她是故意这样说的，遂摇了摇头说道："那也未见得，比方以你的容貌来说，也未必会输给她的。"露茜噘了噘小嘴，心里确实荡漾了一下。世雄接下去又说道："我以为男女的相爱，也绝不是完全在于外形美不美问题而讲究的，其实最要紧的还是在于内心的美。"

露茜明眸凝望着他，微微地一笑，说道："内心的美从什么地方可以看得出来？这一点我倒要向你请教请教。"

"内心的美，在一时之间是绝不会看得出来的，这是要经过许多的时日，方才可以知道他的内心到底美不美。"世雄低低地回答。

"那么我内心到底美不美大概你是还不大知道的，对不

150

对？"露茜平静着脸色问。

"这是因为结识日子太少的缘故。"世雄这句话就是承认的表示。

"不过也有一见倾心的，我觉得我和你就可以说得上是一见倾心。世雄，你真使我太可爱了，那天晚上我见到了你之后，我的心就被你迷恋得醉起来了。"露茜说到这里，凑过小嘴去吻他的面孔。

世雄听了她这一番话，一时真忍不住暗暗好笑。她这种自说自话的论调，叫人真要笑痛了肚皮。但也不必向她辩驳，对她只有微微地一笑。露茜这时又低低地问道："我想李小姐的内心一定十分的美，所以你会把她当作活宝一样的爱护是不是？"

"我和李小姐也是初交，所以我也并不知道得十分详细。"世雄这句倒是真话。

"既然也是初交，你为什么这样爱她，而不肯真心爱我？难道她对你有什么特别的好处吗？"露茜故作娇嗔的意态，有些责问的口吻。

"可是我的身子不是已经先交给你了吗？"世雄有些凄凉地回答，他不由自主地叹了一口气。

"不过我明白这是暂时的，因为我只得到你的身体，而还没有得到你的心。"露茜自己也很明白，她说话的声音都有些颤抖的成分。

世雄听了却并不回答，露茜见他呆然的神情，不知怎么的有一阵子悲酸冲上鼻端，眼泪扑簌簌地滚落下来。世雄见她这一种痴心样子，一时倒也激起了一点爱怜之心，情不自禁地伸手去抹她颊上的泪水，低低地安慰她说道："陆小姐，你不要伤心，你要知道你本是个司令太太，和我本来是只能暂时地相爱，即使我们要永远相爱，恐怕四周的环境也绝不会允许我们的。"

"不过我们不能随环境的支配，环境是死的，我们是活的，只要你肯真心地爱我，我们就是生生死死地相爱，也不是一件难事啊！"露茜好像刺激得兴奋起来，坐正了身子，向世雄至少有些哀求的成分。

世雄手里抱着这样一个肉感美艳的少妇，同时听了她这样痴心痴意的话，他的神志有些模糊起来，所以沉吟着说道："露茜，你不要难受，好在往后的日子很长，就是我们要永远地相爱，也不能冒昧从事，所以我们是需要从长计议。"

"是的，我亲爱的世雄，我一定听从你的话，希望我们永远不要分离。"露茜一面说，一面把世雄慢慢地挽到了脖子，两人这就亲亲热热地又吻在一处了。

世雄的身子虽然是投入了露茜的怀抱，但露茜对于世雄还没有十分的信任，所以她叫黄思堂暗暗地注意他的行动。世雄当然并没有想到这许多，以为离开了露茜之后，又可以自由地行动了。万不料露茜预先布置了情报员，因此世雄的一举一动都可以映在露茜的眼前，这样在下面又引出一段伤心的故事来。

世雄在第三天的早晨，他心里记挂着雪华，就匆匆地到雪华家里来。雪华见了世雄，好像有些伤心的样子，红了眼皮儿叫道："文先生，你此刻怎么倒有空到我家来？快请坐吧！"一面说，一面回身便要去倒茶。世雄赶上一步，把她拉住了，说道："雪华，前天的事情，请你原谅我的苦衷。"

雪华摇了摇头，正色道："文先生，你今天来得很好，我本来有许多话要和你谈谈。你对我的热情，我很明白，而且我也很感激。你确实为了我尽了很大的力量，把我哥哥总算从绝路中挽救过一点生望来，所以我为了报答你的大恩起见，我情愿答应你的爱我。不过我却没有想到你的相救哥哥，也是借助别人的力量，而那个人又是追求你的一个很热情的女子，她在答应你救我哥哥之前，恐怕她也没有知道你和我会有这一段情爱。不过前天在医院里，我们大家都完全地明白了，于是乎事情就有了变化……"

"雪华，但是你应该知道，我并不爱她，我爱的是你

153

呀！难道你心中还怨恨我不成？"世雄不等她再说下去，就急急地向她解释。

雪华苦笑了一下，说道："我怎么会怨恨你？那是你太不明白我的心了。你要知道这位司令太太所以帮助你救了我的哥哥，她的目的，完全在你的身上。假使她知道你仍旧不去爱她，她是否能够放过你我呢？我想这是断断不肯的，而且她把我哥哥仍旧也要陷害到死路去的，前天你难道没有听见她向我警告的话吗？"

"我当然听得很清楚。就是因为她对你有不良的心，所以我才忍痛对你说这一句辜负你的话，其实我完全是骗骗她的，所以你千万不要信以为真才好。因为我要使你哥哥得救，又要使我们成功一对，我是不得不委曲求全地有这一个表示。雪华，你……你……应该同情我的苦心。"世雄说到这里，挨近了她的身子，握紧了她的纤手儿，表示非常的真实。

雪华被他一番痴意感动得淌起眼泪来了，明眸凝望着他俊美的脸庞，呆了半晌，忽然转身奔出院子，呜呜咽咽哭泣起来。世雄连忙跟出院子，拍了拍她的肩胛，低低安慰道："雪华，你为什么要这样伤心？难道我说的话你不相信吗？"

"不是，文先生，你别误会我的意思，因为我哥哥虽然是休养在医院里，可是他的生命还十分的危险，你不知道这位司令太太的厉害，没有她的命令，我哥哥是不能随便出院的。你想，她的手段不是太凶恶了吗？所以我为了哥哥的生死关系，我不能不忍痛牺牲了自己。文先生，我希望你去爱陆小姐，使她得到了安慰，便可以放走我的哥哥。不知你能答应我这一个要求吗？"雪华见他误会了自己，遂向他明白辩解，表示自己所以伤心完全还是为了哥哥的生死问题。

世雄听她这样说，不觉呆呆地想了一会儿心事，说道："我心中爱的是你，叫我相反地去爱一个不愿爱的女子，我试问你，我的心中是该痛苦到怎样的程度？雪华，你要我死，我倒情愿；你要我不来爱你，那实在是不可能。"

"文先生，我问你一句话，你是不是真心爱我？"雪华听他这样说，也可见他是痴心到了极点，虽然是一万分地感激，但为了哥哥的性命，总不能糊糊涂涂地堕入了情网。于是就眼珠一转，有了一个主意，向他很认真地问出了这一句话。

"雪华，假使我没有真爱对你的话，那我绝没有好的结果。雪华，你难道还信不过我这一番心吗？"世雄急得发起咒来，以此来表白自己的心迹。

"既然你是真心地爱我，那么你应该听从我的话，赶快去爱上这一个司令太太。"雪华很认真的样子回答。

"呀！你这是什么话？我真听不懂这句话的意思。"世雄有些莫名其妙的神情，望着雪华呆呆地发怔。

"那是很明白的道理，我再问你一句，你爱我的是人还是肉体？"雪华又向他继续地问。

"我当然爱你的人，我假使是爱你肉体的话，我不是很可以去爱这位司令太太吗？她这一种富有肉感引诱的外形，你不是也见到过吗？"世雄表示自己的爱是有意识的，并不是一种肉欲的爱。

"既然你这样说，我以为这事情是很容易解决了。爱是很伟大的，我爱我哥哥的生命，坦白地说，比爱你还要浓厚十分，不过我一半固然是爱同胞手足，而大半还是为了爱国家的人才，因为社会上没有哥哥这么一个人，国家至少是受了一点小损失，所以我情愿牺牲自己的私爱，而成全国家的博爱。我素来知道你是一个爱国的人才，虽然你四周的环境是这样的不良、这样的黑暗，但是你能不受一点儿影响，所以我是一万分地敬佩。文先生，我爱哥哥是纯洁的，你爱我也是纯洁的，那么你爱我哥哥换句话说，你就是爱我一样。所以你应该牺牲你肉欲之爱，而成全我伟大之爱，我相信只要我们活在世界上，说不定在最后胜利的将来，我们还有团圆的日子。"雪华为了要救哥哥的性命，她是不顾舌敝唇焦地向他解释了许多的话。

世雄呆呆想了一会儿心事，点了点头，说道："好的，我们应该放远了眼光静静地等待光明来临吧。雪华，你放心，那么我最要紧就是去救你哥哥完全脱了危险，你不要难过，好好等在家里吧！"

雪华这才十二分安慰地笑了，很温柔地说道："文先生，你这样真心伟大地爱我，我生生死死不会忘记你的大恩，那么我不送你了，你快些儿回去吧！"

世雄点了点头，身子向院子门外走，忽然又回过头来问道："你爸爸病得怎么样了？他起床了没有？"

"爸爸本来是完全好了，可是知道了哥哥在医院里仍被监视行动的消息，他老人家又急得身上发起寒热来。"雪华一面说，一面情不自禁地跟送出来。

"那么你现在可以向他告诉了，叫他不用着急，一切由我设法，总使你哥哥安然脱险便是了。"世雄按着她的肩胛，望着她的粉脸儿，低低地安慰。雪华点了点头，凝眸含了无限感激的情意，向他默默地凝望。世雄见她这种哀怨的神态，备觉楚楚动人，因此不由自主地低下头去和她接了一个甜蜜的长吻。

世雄跨上自由车和雪华分手在归程的途上，忽听后面有人叫了一声文少爷，回头去望，原来却是司令的副官黄思堂，他也骑了一辆自由车，从后面追上来。于是就奇怪地问道："黄副官，你在城外做什么呀？"

"我在探望一个亲戚，文少爷去什么地方？"思堂说着话踏快了一点，已和世雄并驾齐驱了。世雄道："我在城外拍了几张照片玩玩，因为城里的空气太气闷了。"思堂微微一笑，遂不作声了。两人直到了城里，在军部门口方才分手。原来思堂说的完全是一片谎话，他就是露茜派出来的情报员，把世雄和雪华的情形已探听得详详细细，他此刻便匆匆地到露茜那里报告消息。露茜问道："你见世雄到了她家之后，和这贱人说些什么话呢？"

思堂听她问得有趣，倒忍不住好笑起来，说道："我又没有跟着他走进去，这叫我如何知道他们说些什么话呢？不过在院子门口的时候，我却偷偷地见到他们一幕神秘的镜头。"

露茜听他笑嘻嘻地这样说，一时心中的妒火燃烧起来，通红了两颊，哼了一声，说道："想不到他果然还没有死了这条心，我若不给他一点辣手看，我也不做这个司令太太了。思堂，你告诉我，他们到底有了一个怎样神秘的镜头呀？"

"只怕我说了出来，你心中要更加愤怒。"思堂用了俏皮的口吻，更加去刺激她狭窄的心田。

"不要紧，你说，你说，你只管说出来好了。"露茜有些气呼呼的样子，她的明眸里几乎要冒出火星来。

思堂口里并不告诉，他伸张了两臂，做个拥抱的姿势，还把嘴儿撮起来，故意发出啧啧接吻的声音。露茜手里本来拿了一杯茶喝着，见了思堂的举动，也不知打从哪里来的怒火，立刻把茶杯往地上掼去，只听乒乓一声，那茶杯早已掷得粉碎了。思堂倒吃了一惊，忙问："太太，你这是做什么？"露茜恶狠狠地说道："你给我带了四个卫兵，把这狐狸精去捉了来。"

思堂迟疑了一会儿，说道："太太，你就息怒了吧，无缘无故地把人家百姓去捉了来，这也不是一个道理呀！"

"什么道理不道理？在这一个世界，我要怎么样就怎么样，谁敢说半句不是，我就斫掉谁的脑袋！"露茜愤怒得不可抑制地暴跳着。

思堂连声说是，他不敢再违拗她，因为自己也有一张凭据在她的手中，假使服侍得不小心，她把凭据交到司令的手中，还有自己这条小性命吗？于是回转身子，匆匆地出外，表示前去捕拿的意思。露茜却又叫住他说道："思堂，你回来。"

"太太，你还有什么吩咐？"思堂恭恭敬敬地回身转来低声儿问。

159

"只要你有本领，这个贱人我就赏给了你。因为凭你过去的行为看来，似乎也很需要一点儿安慰的了。"露茜是借刀杀人的意思。

"多蒙太太的恩典，真是叫小子太感激你了。"思堂是感到意外的惊喜，心坎儿上一阵子荡漾，嘴角旁浮现了一丝笑意。

"去吧。"露茜挥了挥手，她颓然地倒在沙发上了。思堂三脚两步地回到军部，凭了他的势力，带了四名卫兵，开了一辆军用汽车便直驶出城外去了。

这已经是黄昏的时候了，四周笼罩着一层薄雾。雪华因为父亲有些肚子饿，所以在院子里拢旺了炉子，正预备着烧饭。不料外面呜呜的一声，就有一辆汽车在门口停了下来。雪华回头去看，只见汽车里跳下四五个军人来，好像是到屋子来的神气。因为自己是一个年轻的女孩儿家，心中不免突突地一跳，连忙闪身避到草堂里去。可是耳朵里很清楚地已听见一阵皮靴声响进来，接着有粗重的声音说道："喂，这屋子里有人吗？"

雪华回过头来，只见思堂手里拿了一条皮鞭，脸上含了险恶的笑，已在室中站住了，这就大了胆子，很从容地说道："不知道这位军官到这里来有什么贵干吗？"

160

"事情当然是有一点的，你这位姑娘是不是叫李雪华？"思堂不用人家客气，他自己便一屁股在椅子上坐了下来。

"是的，我就是李雪华。难道你就是来找我的？"雪华硬着头皮，上前承认着回答。

思堂暗想：我到她家里去总应该有个名目，否则，叫我拿什么理由来向她说好呢？这就说道："你哥哥是捣乱分子，你知道吗？他犯了法，现在我到他家里来调查调查，是不是还有什么同党躲在他的家里？"

"什么？我哥哥一向在外埠做生意，他……他好久不回家了，我们是安分守己的良民，根本不会去做什么乱党，你这位军官恐怕弄错人家了吧？"雪华那颗芳心虽然是跳跃得剧烈，但她到底还竭力镇静了态度，很自然地辩白。

思堂忍不住哈哈地大笑了一阵，他又站起身子来，说道："好姑娘，你不必花言巧语地否认了，我告诉你，你哥哥名叫李自强，他现在还软禁在医院里，现在你还有什么可说的吗？"

雪华见他说一句走上一步，脸上贼兮兮的，分明是不怀好意，这就也一步一步地退下去，直退到没有可退的时候，通红着脸说道："请你有话好好地说，不要太轻狂你的举动，你应该尊重你自己的人格。"

思堂把手儿在她下巴上一抬，笑道："小姑娘，你不要这样说，我今天到你家来原是你哥哥的意思，因为我救了你的哥哥，你哥哥已经答应把你给我做妻子了。小姑娘，我今天是来娶你回家去的。"

"我相信我哥哥绝不会把他的妹妹许给一个不知廉耻的走狗！我告诉你，你是一个军人，你不能乱闯百姓的家里，你更不能调戏一个良家的女子，你假使再不走出这间屋子，我可要高声叫喊了！"雪华鼓足了勇气向他大声警告。

思堂见到雪华的美色，想到了露茜的吩咐，他的神志早已昏迷了，还是一步一步逼近过去，他并不理会雪华的警告，而且还张开了两手，向雪华直扑了过去。

雪华把头一低，一个翻身早已躲了开去。思堂扑了一个空不说，还把头撞在墙上碰了一下，一时恨起来，回身冷笑道："雪华，你长了翅膀也飞不出我的手中。"一面说，一面又直扑了过来。雪华急得高声大喊，这一喊不打紧，房里的相云带病挣扎出来，一见女儿被一个军人在侮辱，一时气得全身发抖，大骂："畜生，胆敢公然侮辱良家女子！"思堂暗想，一不做二不休。于是高喊来人。随了这句话，侍候在外面的四个卫兵匆匆地奔入，思堂说了一声"抢"，那四个卫兵便把雪华如狼似虎地拖出院子外去。相

162

云扑上来拉住了思堂，大喊强盗。思堂在这个时候把心一横，拔出刺刀，就在相云的胸口狠命一刀。相云大叫一声，便痛极倒地。不到一会儿，室中的光明已被黑暗所侵占了。

九　恶贯满盈步入枉死城

李自强在黑暗之中被一件笨重的东西在地上绊了一跤，伸手去摸，却摸着了一个人的面孔，这就大吃了一惊，忍不住大叫起来。只听有人断断续续地问道："是谁？是谁？"

虽然是在黑暗之中，但自强还听得清楚，这好像是父亲苍老而又颤抖的声音，急忙一面起身去点桌子上的油灯，一面急急地问道："你是父亲吗？你是父亲吗？"

随了这话声，他在桌上已燃着了油灯，借了油灯的光线，看到躺在地上的那个人正是自己年老的父亲，连忙蹲下身子把父亲扶抱起来。只见父亲脸白如纸，满身染了鲜血，他才明白家中是遭到惨变，一阵子悲酸，忍不住淌下泪来，说道："父亲，你……你怎么了？家里来了强盗吗？妹妹到什么地方去了？"

相云已经失了神的目光，在自强的脸上淡然地瞥了一瞥，气喘喘地说道："自强，虽然不是来了强盗，但那是比强盗更要凶恶的走狗，他们不受法律制裁，肆无忌惮地把我们可怜的小百姓视为畜生都不及，任剐任割，简直一点没有反抗的余地。你的妹妹她……她……已经被这班走狗强盗抢去了。"

一股子无名的火直向自强头顶上冒出来，他愤怒地咬牙切齿，眼眶子里充满了无数的血泪。一面拭着他父亲身上的血水，一面又急急地问道："父亲，你知道那是什么部队的走狗？不知叫什么姓名？你老人家是被怎样一个人弄伤的？孩儿可以与你报仇！"

"这个我哪里能够知道呢？自强，我好好地在床上养病，听外面忽然有吵闹的声音，我知道一定出了什么乱子，所以竭力支撑起来，走到外面一看，原来四五个强徒，不，是无耻的走狗，正在抢你的妹妹。我一气愤，上去争论，谁知那为首的走狗，不问情由，拔出刺刀，在我胸口就是这么的一刀。我跌倒在地上爬不起来，也只好眼看着他们把你妹妹强抢去了。自强，哎哟！我是不中用了，虽然这是一件痛心的事，然而在这个国破家亡的时候，被他们残暴势力下牺牲的当然也不止我一个人，所以我今日的惨死，似乎也不算什么稀奇。不过，我们虽然是死了，但我们的冤魂是不会散的。自强，你本来是一个有为的青年，所以

165

我希望你多除掉一个这些丧失心肝的走狗可以替我报仇，并替这些成千成万被屈死的同胞们报仇……"相云断断续续地说到这里已经是上气不接下气了，他皱了皱眉头，两眼向上一白，可怜这一缕幽魂，从此便脱离了这个暗无天日的世界了。

自强摇撼了他两下身子，连连叫了两声父亲，不由得抱尸大哭起来。就在这个时候，隔壁的小狗子匆匆地奔进来，一见自强，便叫道："大哥，大哥，你的妹妹被人家抢去了知道吗？"说到这里，忽然又见到自强怀里抱着的相云尸身，遂又啊呀了一声，叫道："这不是老伯吗？这不是老伯吗？怎么他……他……被谁杀死了？"

自强把父亲尸身先抱到床上，然后把父亲被杀、妹妹被抢的情形向小狗子告诉。小狗子一听，把手在膝踝上一拍，说道："他妈的，对了，我在路上看见一辆汽车里被绑着雪华姐姐的身子，她在里面似乎高声地哭嚷着，那么杀死老伯的一定是他们了。"

"小狗弟，你可曾看清楚这汽车的号码吗？不知道是向什么地方驶行去的？"自强十分痛恨地沉吟了一会儿，然后向小狗子低低地问。

小狗子摇摇头道："那时候天色已经晚了，我哪里看得清楚汽车的号码呢？汽车大概是向东驶的，这是向城里去

166

的一条街道。"

自强听了，点了点头，遂向小狗子说道："小狗弟，我父亲被他们杀死了，我妹妹又被他们抢去了，你想，我该不该向他们报仇呢？"

"那当然是应该极了，但他们势力浩大，你又不能去告他，也不能和他们拼性命，所以我觉得真是困难。"小狗子十分忧愁地回答，他深深地叹了一口气。

"可是我不管一切困难，在我一口气没有断之前，我总得替我的父亲报仇。小狗弟，我父的尸首暂时请你看守，我此刻赶到城里去一趟，不知你有这个胆量吗？"自强望着小狗子，向他低低地恳求。

小狗子把胸脯一拍，很认真地说道："这怕什么？我不怕，我一点儿也不怕，想老伯平时待我很好，他死了，大哥为他老人家去报仇，家里没有人照顾，那我当然应该看守的。大哥，你放心去吧！"

自强和他握了握手，表示感激他的意思。然后又向他叮嘱了几句，遂连夜赶到城里来。可是心中却在暗想：这样大的一个南京城，叫我到什么地方去找寻妹妹好呢？难道我单身冲到司令部里去吗？这当然是自投罗网，我可没有这样傻。一面想，一面肚子倒有点饿起来，遂找到了一家馆子店预备吃客饭。只见那边桌子边坐了四个穿军服的卫兵，他们喝得脸都像喷血猪头一般的红，嘻嘻哈哈地谈笑着，好像很得意的神气。自强遂在他们旁边一张小圆桌旁坐下，伙计上来问吃什么饭，自强说道："什锦蛋炒饭，别的不吃什么。"伙计答应，不多一会儿，便匆匆地端上。自强一面吃饭，一面低着头儿，只管想着心事。忽然听隔壁一个军人笑道："这黄思堂他妈的鬼小子，此刻一定在大乐而特乐了吧！"

自强起初对于他们的谈话是并不大注意，此刻在听到了这两句话儿之后，心头突突地一跳，于是暗暗地向他们留神起来。

"阿炳，你说黄思堂此刻在大乐特乐，我说恐怕不见得，你难道不见那小姑娘坐在汽车里那种倔强的样子，所以我说绝不会让他很顺利地进行攻打的工作。"

"你的年纪轻，不懂什么的，一个女人家在大庭广众之下，十个倒有九个是一本正经的，可是一到房里，尤其只有两个人的时候，嗨嗨，她的心也会动起来的。我记得去年打进刘村的时候，捉到一个乡下少妇，生得倒也漂亮，我不问三七二十一地就把她抱到房里去。他妈的，这女人倒也不怕死，把手儿向我脸上乱扯乱打，我熬住了痛，不管死活地硬干，谁知一到了床里，她倒一点也不反抗了。可见女人家都是装的假正经，这个小姑娘，我猜她保险也会服服帖帖依从老黄的。"

"照你这么说，老黄此刻工作也许是最紧张的当儿……"随了这一句话，众人都笑了起来。这时自强心中不由得暗暗狐疑了一阵子，暗想：他们说的难道就是我妹妹吗？又不好站起来向他们问一问仔细，因此他一颗心的跳跃真是特别的剧烈。正在这时，又听其中一个军人很正经地说道：

"你们不要小觑了这个乡村的小姑娘，照我的猜测，老黄恐怕是难得到手的，说不定那小姑娘乘老黄不预备之间，她向光明饭店四层楼跳下来，这就要酿成一幕惨剧了。"

自强听了他这几句话，不由得暗暗地叫了一声谢天谢地，因为很明显的在这两句话中已经告诉了自强的地点，这就匆匆地付了账，急急奔出了饭馆子。在奔出了门口的时候，方才又想到还没有听见他告诉出光明饭店四楼第几号房间，一时倒愣住了。要想再奔进来，可是也不能肯定他们再会谈这一件事，就是再谈着这件事，也不会提起几号房间的话，再说出而复入，被他们发觉了之后，更要注意我的行动。那么我且不去管他是几号房间，待到了四楼的时候，当然有办法可以侦查出来。自强在考虑定当了后，遂跳上了人力车叫他拉到光明饭店去了。

自强到了光明饭店，乘电梯到四楼，在走进四楼走廊的时候，他的心中开始又暗暗焦急起来。四楼有这许多房间，叫我到哪一间去探问才好呢？正在不知如何是好的当儿，忽见前面走来一个侍者，他手里端了一盘子饭菜，穿弄里有一个侍者跟上来，向他问道："阿根，这饭菜是不是五十四号房间叫的？"

"不是，不是，这是五十号房间里一个丘八老爷叫的，他还带着一个年轻的小姑娘。我见那姑娘似乎很伤心地在哭泣，这狗王八一定是不怀好意的。"这个端饭菜的侍者，很爱管闲事地回答。

另一个侍者叹了一口气，说道："这是天高皇帝远，根本是个黑暗的世界。得了得了，管他什么闲事儿，这个年头，就是多吃饭少开口，免得飞来横祸会落在自己的身上。"

阿根不说什么，便把饭菜向五十号房间搬进去。自强觉得这又是一点线索，遂加快了两步，跟着阿根的背后，假意装作寻房间的样子。在五十号房间推开的时候，自强很迅速地张望进去，见室中来回踱步着一个军人，不是别个，正是黄思堂，还有一个女子的声音，好像和他争论着，自强在这尖锐的语气中可以辨得出确实是妹妹的声音，一时心中的怒火就剧烈地燃烧起来。他几次想不管一切地冲撞进去，但理智竭力镇压着他欲爆发的怒火，到底又忍熬住了，低了头，呆呆地沉思了一会儿。他在想一个最妥当相救的办法，不料阿根从房内拿了空盘子出来，一见自强形迹可疑，遂问他说道："喂，你找几号房间？"

自强抬头忙道："我要开一个房间，最好要清洁一点的。"阿根道："大房间还是小房间？"自强道："大小不论，要清洁一点就好了。"阿跟道："别的房间没有了，只有四十九号还空着，我开了给你去看看。"一面说，一面就在隔壁开了房间，给自强进内细看。

再说隔壁房间到底是什么人呢？原来真的是黄思堂和李雪华。雪华被思堂用绑票方式架到光明饭店，虽然心中是万分害怕，但事到这个地步，她也只有镇静了态度，随机应变地再做对付的办法。思堂因为是司令太太叫他这样做的，所以他的胆子是特别的大。因为露茜的目的，是要雪华的性命，她叫思堂玩过了再结果，这无非也是给他一个人情。思堂想，我老黄这几年来就过着孤单的生活，今日有这样一个美丽的女子，而且还是一个小姑娘，这不是前世修来的艳福吗？所以思堂心中是快乐得什么似的。此刻他在房中把台子上的酒瓶握来，倒了满满的两杯，向雪华招了招手，说道："我的好姑娘，我觉得你多伤心也是徒然，还是来陪我喝几杯酒吧！"

雪华拭了拭泪，她抬起怒气冲冲的粉脸，冷笑了一声，说道："黄思堂，你身为军人，本是人民的保障，现在你既不保护同胞，而且仗势凌人强抢民女，我问你，你难道是不知军法两个字吗？"

思堂听了哈哈地笑了一阵，说道："军法？这个我们身为军人难道还有个不知道吗？不过军法是只限在我们军队里做错了什么事而定的，至于外面玩几个女人，那是根本不算一回稀奇的事情。李姑娘，你要明白我黄副官也是一个很有势力的大人物，你跟我过一辈子，也不辱没了你的好人才，况且，况且你知道有人要害你的性命吗？"

雪华一颗芳心突突地乱跳起来，转红了脸色，冷笑道："谁要害我的性命？你不必花言巧语来欺骗我，我既没有结怨小人，又有谁来跟我作对呢？"

"哈哈！你自己懵懂不知，可是你结怨的倒不是小人，却还是一个最有权威的司令太太。我这么一提醒了你，你该完全明白了吧？"思堂又奸笑了一阵，向她阴阴地告诉。

雪华这才有了一个恍然，暗想：原来还是这个不要脸的女人指使他来加害我！不过牺牲了我个人倒也不在乎，只可怜我的父亲却无辜死于非命，我若不替父亲报此血海大仇，那我还做什么人呢？这就点头强笑道："原来还是她要和我作对吗？这是她太想不明白了，她是一个司令太太，我只是一个平头小百姓，她来和我作对，这似乎也太不值得了。”

“不值得，你难道不晓得你自己夺了她的爱人吗？她要拿性命和你拼，也许她心中认为是很值得的。不过我劝你很犯不着，所以你应该放弃世雄的爱，还是爽爽快快地来答应我的爱你，那么我倒可以救你不死，而且还可以过快乐的日子。李姑娘，你的心里也以为对吗？”思堂一步一步地挨近过去，说到末了，却把她的手儿紧紧地捏住了。

雪华虽然是十二分的鄙视，她恨不得挣脱了手，给他一个干脆的耳刮子，但为了要报仇，要除这些恶劣的走狗，她不得不忍痛地含了血泪，对他还嫣然地一笑，低低地说道：“黄副官，这样说来，你实在还是我救命的大恩人了，我是应该向你表示深深的道谢。”

“哪里，哪里，只要你答应嫁给了我，那我们就是夫妻了，夫妻本为一体，这还用得了什么道谢两个字吗？哈哈！李姑娘，来，来，我们快些坐下来喝酒吧！”思堂听她忽然改变了态度，显出这样温柔的样子，一时心里真有说不出的痒处，耸着肩膀大笑了一阵，拉着雪华的手儿便坐到桌子旁去了。

雪华因为心中已经有了一个主意，遂不向他违拗，很欢喜的神气，跟着思堂坐到桌子旁边，俏眼先乜了他一下，说道：“黄副官，你要我做夫人，我自然可以答应你，不过……你终得给我挣一点面子，至少给我弄一幢小小的洋房、一堂红木的家具，因为……因为你不是一个大名鼎鼎的黄副官吗？"

思堂暗想，这小姑娘的胃口倒不小，竟想住起洋房来了。遂佯作赞同地表示，连连地点着头儿，说道："很好，很好，这个你不必忧愁，我也早已想到这些了。李姑娘，我们还是喝酒吧！"说到这里，把杯子高高地一举，就一仰脖子，喝了下去。他还向雪华照了一照空杯，但雪华却坐着没有喝，于是奇怪地问道："李姑娘，你为什么不喝？难道不肯和我成对儿吗？"

"不，黄思堂副官，你不要误会我的意思，因为我的酒量并不好，我照你这样一饮而干，恐怕我是马上就要醉倒了，所以我只能够慢慢一口一口地陪着你喝。瞧！这样喝一口，吃一些小菜，大家谈谈话，不是很有意思吗？"雪华含了无限娇媚的微笑，她一面说，一面还做着讨人欢喜的动作。思堂兴奋得灵魂儿也几乎飞到她的身上去了，拿酒瓶又连斟了两杯，一面喝，一面笑道："不错！你这话真是对极了。"

雪华表面上虽然是镇静了态度，但她那颗脆弱的芳心里当然是十二分的害怕。她微微地颦锁了翠眉，心中只管沉思着脱身的计划，可是思堂的酒已经是喝得差不多了，两颊好像是喷血猪头一般的通红，他的两眼是充满了怕人的光芒，呆呆地望着雪华的娇靥，他似乎恨不得把她一口吞吃了的样子。

过了一会儿，思堂内心被一阵子酒气已经冲动得忍熬不住了，他慢慢地伸过手去，一把抓住了雪华的膀子，脸上显出一种骇人的恶笑。雪华急得满颊的汗点像蒸汽水般地冒了上来，急促地而又包含颤抖的成分说道："黄副官！你……你……这算什么意思？"

"哈哈，我的好姑娘，你不是已经承认我是你的丈夫了吗？那么夫妻之间在卧房里面就是稍微亲热一些儿，那也算不了一回稀奇的事啊！"思堂狠命地把她身子拖到自己的怀中来，垂涎横飞地回答。

雪华极力挣扎着，说道："黄副官，虽然我们是已经成为一对夫妻了，但我们到底还未正式举行过什么婚礼。因为你是一个现代的大人物，而我呢，虽说是个乡村里的姑娘，但我也知书识字，很懂得礼义廉耻这四个字，假使就这样马马虎虎地实行了苟且的行为，被外界知道了，岂不是你我都要丢脸了吗？"雪华总算是个很会说话的姑娘，思堂抓住她膀子的手慢慢地松了下来，他呆呆地似乎有着一层考虑的样子。

这时雪华的芳心中也在暗暗地思忖，觉得自己要逃过今夜的难关，好像是一件麻烦的事情，不过我假使忍痛牺牲了自己的清白，这叫我如何还有脸在世界上做人呢？那么我终要一面敷衍他，一面再设法把他杀死了。只要他肯被我结果性命，就是我不在人世间做人，那也很安慰的了。

不料雪华还没有想完她的结论，思堂的兽性却按捺不住地又爆发出来。他猛可地站起身子，把雪华身子抱住了，不问三七二十一地在她颊上吻了一个香。雪华用尽了吃乳的气力，把他狠命地推开。思堂一松手，身子几乎向后栽倒，他摇晃了一下身体，口里还不住地打噎，嘻嘻地笑道："李姑娘，你……为什么推我？你……你难道不爱我吗？"

雪华气喘喘地说道："黄副官，我对你说的话你为什么不听从呢？假使你爱我的话，你就不许在未结婚之前对我有着一种轻薄的举动，否则，你不是爱我，你完全是侮辱我。"雪华说到后面这一句，大有冷若冰霜的神气。

但思堂这时已忘记了一切的理智，他扑了过去，说道："李姑娘，你这些话可完全的错了。我告诉你，比方说一家新开的铺子，它内部已完全舒齐了，不过外面还未装修完成，那么门口不是有一张纸条，说是先行交易，择吉开张吗？这是为了怕损失装修时期的营业。那我们也是这样，万一错过了机会，生不出小国民来，那不也是我们的损失吗？不但是我们的损失，而且是国家的损失。你想，现在

176

国内正在开火，小国民也是最需要努力生产的，所以我为了爱国起见，我们也应该先行交易，然后再拣黄道吉日，举行揭幕典礼。李姑娘，我说的话不是很有道理吗？不要再多犹疑的了，我的好宝贝儿、好心肝……"思堂一口气说到这里，好像饿虎扑羊似的扑上来。雪华把头一低，一骨碌转身，便逃到床边去了。

思堂扑了一个空，向前跌了一跤，他站起来的时候，不免怒气冲冲地冷笑了一声，说道："哼！好一个不识抬举的小姑娘，你胆敢和我来反抗吗？"他说着话的时候，两眼睁得圆圆的，显出那种凶恶的样子。

雪华还不及回答什么，思堂第二次又直扑了过来，抱住了她紧紧地狂吻。雪华一面把他乱推，一面向他啪的一记耳光，但既然打着了他，却又十二分害怕起来，躲在梳妆台的后面，瑟瑟地发抖。思堂这时候不免恼羞成怒，拔出那支手枪来，对准了雪华，一步一步地逼上去，说道："你这小姑娘，你难道不要性命了吗？"

雪华在这个时候，她也顾不得许多，挺起了胸部，说道："黄思堂！你要侮辱我的身子，你不要再做梦，我情愿死，我也不愿被你糟蹋了清白，好，那么你就把我一枪开死了吧。"说到这里，把心肠一硬，闭起了眼睛，似乎静候死神的到来。

"李姑娘，常言道，蚂蚁尚且惜生命，那何况是一个人？你不要傻了，我劝你还是答应我吧！"思堂故意又放缓了语气，表示十二分温情的样子。

　　雪华并不开口再作答，她似乎已经下了死的决心。思堂虽然是握了枪柄，但两手却在发抖，因为他虽是个副官，但从来也没有开过枪，他所以入军部工作，都是露茜提拔的力量，所以他这种动作根本是只有卖卖野人头威胁威胁雪华的意思。现在雪华非但不怕，而且还闭了眼睛等死，那不是事情弄成僵局了吗？于是他只好又逼紧着问道：

　　"你真的预备死吗？"

　　"不必多问，我就预备着不要做人。"

　　"好！那么我就杀了你。"

　　随了思堂这一句话，只听砰的一声枪响，雪华好像觉得一阵子心痛，不禁竭声大叫了一声，身子便向后倒了下去。可是既然倒下了，所奇怪的是，雪华似乎并没有感到怎样的痛苦，她自己感到还有知觉，睁开眼睛一看，不禁咦咦地叫了起来。原来黄思堂也倒在地上，背脊上还有鲜血汩汩地淌了出来。雪华一时还以为在梦境之中，摸摸自己的头面，拍拍自己的胸口，又连连咳嗽了几声，心里真是又惊又奇。悄悄地站起身子，俯身向他脸上一摸，他早已气绝身冷，就十二分痛快地说道："黄思堂，黄思堂，你今天恶贯满盈，也有这一天了吗？"

谁知雪华话还没有说完，门外就闯进四五个宪兵来，原来茶房听房内有开枪之声，明明是发生了暗杀等情，所以立刻报告司令部前来侦查。此刻宪兵见房内倒着一个军人，已经死了多时，地下遗有手枪一支，旁边站着一个年轻的姑娘，那么这姑娘当然是凶手无疑了。这就正色地说道：

"你这小姑娘好大的胆子，竟敢谋害人家的性命？"

"不，不，你不要弄错，我没有杀他，这是他自己自杀的。"

"自杀的？哈哈！你还敢巧辩吗？别废话，快跟我到司令部去。"

"去就去，怕什么？走走！"

雪华因为事情已经到了这个地步，所以也大了胆子跟着他们走了。我们且不去管雪华跟他们到司令部去，再说到黄思堂这个奴才难道是真的自杀吗？还是被天上神明杀死的吗？其实通通都不是，原来却是隔壁四十九号内李自强所杀的。李自强用什么法子把他杀死的呢？原来自强既然到了四十九号房间，四面张望了一会儿，果然给他寻到一个板缝来，他把眼睛凑了上去，看到自己妹妹被这狗奴才种种侮辱的情形，他几乎气得要大声地骂了出来，但他到底又忍熬住了，觉得小不忍则乱大谋的话是不错的，且看他究竟闹些什么把戏来。可是越看越不对，思堂对妹妹一步一步地威胁，他居然把手枪对准了妹妹好像要开枪的样子。所以他也急了起来，连忙把小刀在壁缝里钻得大了一点，拿出手枪，把枪口对准思堂的背脊。直到千钧一发之际，自强为了顾全妹妹的性命关系，他不得不扳起手指，就这么砰的一声，结果了思堂的性命。正要到房外去救妹妹的时候，万不料五十号的房门口早已有人把守着，还听侍役连说报告司令部，自强这时候真弄得英雄无用武之地，站在旁边只有干急的份儿。本当预备奋不顾身相救妹妹，但仔细一想，我不能凭一时之勇，而做无谓的牺牲，那么我且随便妹妹被他们捕捉了去，还是慢慢地设法再相救妹妹是了。

打定了主意之后，他便急急地回到家里，连夜把父亲尸体埋葬舒齐，焚化了纸钱，拜了四拜，流下泪来，说道："父亲！孩儿总算不负你老人家的嘱咐，到底是给你报了血海大仇。我知道这大半还是你老人家魂儿有灵，所以我是深深地感激着老人家。不过大仇虽报，而妹妹仍被困在险境，凭你不朽的英灵，请老人家还要保佑我将妹妹救出才好！"自强说毕，泪流不已。小狗子在旁边向他劝了一会儿，方才洒泪回家。

这真是天有不测风云，人有旦夕祸福，一宵易过，第二天自强却病了起来。可怜他睡在床上真是急得了不得，但越是心中着急，他身上的热度越加升了上来。小狗子知道了这个消息，便来服侍他的要茶要水。下午的时候忽然听到空中有轧轧的声音，自强虽然热得昏沉，但他还很清楚地向小狗子问道："小狗弟，你听，你听，这不是飞机的声音吗？"

"嗯，嗯，是的，是的。"小狗子一面说，一面奔到窗口旁来向外张望，忽然大叫起来，说道："大哥，大哥，哎呀，你来看啊，你来看啊，满天的都是飞机呢！"

自强听了，忙也问道："小狗弟，你看得出是日本飞机还是我们中国飞机呢？"话还没有问完，忽然听到轰隆隆的一阵子狂响，接着天空中轧轧的枪声，不绝于耳。小狗子急得面无人色，竭声地一叫，他身体向桌子上翻了下来。自强倒兴奋得从床上跳起来，笑道："这不是中国飞机吗？这不是中国飞机吗？哈哈哈哈，我真是太欢喜了。"

"大哥，你不听四周都是屋倒的声音吗？飞机这一轰炸，我们整个的村庄都完了，你怎么还这样高兴呢？"小狗子见他那种疯狂欣喜的神情，倒望着他有些不明白的样子。

"我们飞机可以在这里轰炸了，这是我们离胜利的日子已经不远了，纵然把整个的南京城炸成了平地，我认为这

181

种牺牲也是很有价值的了。小狗弟，你想，那还不叫我感到欣喜若狂吗？不过，不过……我的妹妹，她……她……不知怎么样了？"自强说到这里，却又显出十分忧愁的模样。

小狗子听了，笑道："大哥，你既然说整个南京城变成了焦土也不可惜，那么雪华姐姐就是被飞机炸死了，也有她相当的价值了。"自强听了，连说对极对极。这天飞机轰炸约一小时之久，方才离去。自强叫小狗子去探听消息，回来报告，说城里司令部是完全炸毁。自强一听此话，也不知是悲是喜，忍不住啊呀了一声叫起来。但不多一会儿，第二批轰炸机却又在天空中盘旋了。

十　满城秋色一片轰炸声

雪华被宪兵们押到司令部，本来这种罪犯是用不到司令亲自审问的，可是事情是十分的凑巧，沈司令齐巧在办公室里，他遇见了雪华之后，便把雪华带进司令室内来，屏退左右，向她亲自审问道："你姓什么？叫什么名字呀？"雪华向他白了白眼睛，却并不作答。

"咦！奇怪了，你难道没有听见我说的话吗？你是不是聋子啊？"照沈司令平日的脾气，早已暴跳如雷，撩手先来一个耳刮子，但今天在雪华的面前当然是例外的，他还含了满面的笑容，向她和颜悦色地追问。

"我姓李，名叫雪华，你问明白了也没有什么用处，我告诉你，你们军部里训练了这样有纪律的部下，行凶杀人，强抢民女，这也是你司令大人的好名誉呢！"雪华方才抬起头来，冷笑了一声，毫无一点儿畏惧地表示，而且滔滔地说出了这几句包含讽刺的话来。

沈司令听了她这几句话，勃然大怒，把手在案桌上猛力地一拍，大骂了一声浑蛋。雪华倒也吃了一惊，不由向后退了一步。可是出乎意外的，沈司令并非愤怒雪华言语冲撞了他，却是说道："哪有这一种事情？李姑娘，你快告诉我什么人敢行凶杀人、强抢民女？我马上把他枪毙。"

"哼，哼，可是用不着你费心了。"雪华仍旧冷若冰霜地回答。

"哦！我明白了，是不是这个人已被你杀死了？"沈司令还是含了微微的笑容问下去。

"不，我是一个有知识的女子，绝不会无故去做凶手犯这杀人的罪名。"雪华并不承认是她杀死黄思堂的。

"可是事实上，黄副官已经被你杀死了，你难道还敢抵赖吗？"沈司令很严肃地说。

"就算他是我杀死的，也是他自作自受，罪有应得。现在我可以把他的罪状向你明白地诉说一下。我们是乡村人家的老百姓，可怜我爹爹还病卧在床上，万不料这个黄思堂恶贼，他却带了卫队乱闯到老百姓的屋子里来。他丧心病狂地见了民家女子，就存心不良地恶意调笑，虽然我向他大义见责，谁知他执迷不悟，反而吩咐他的部下动手强抢。我爹爹听到外面的吵闹之声，抱病走出房来，还没有

184

向他理论，他就把我爹爹一刀刺在地上，现在我爹爹生死未卜。试问你的这种禽兽行为的奴才，他还能算是一个人吗？这不但有败你们军纪，而且更失了你司令的面子，所以他定然是被别人杀了。你司令大人若秉公无私的话，照理还应该把他鞭尸三百，这样才能对得住天下的老百姓。"雪华挺起胸部，倒竖了柳眉，絮絮地说了这一套的话，那种意态是显得分外的愤怒。

沈司令似乎很佩服她的口才，不由得连连点头，摸了摸他人中上的胡子，笑道："你这话虽然很不错，不过我部下他犯了军纪，当然应该军法从事，你现在把他行凶杀死，那么在你本身来说，你可知你也犯了杀人的罪名吗？"

"这个……我不是已经告诉过你，他并不是我杀死的吗？"雪华向他一本正经地辩白。

"不是你？那你除非骗骗三岁的小孩子，无论谁都不会相信你的。你们不是在一个房间里吗？当枪声发作的时候，不是只有你一个人在他的身旁吗？那么他倒在地上死了，难道还有第二人把他谋死的吗？你说这些话，根本是混账之至！来人！"沈司令说到这里，表示十分盛怒的模样。接着两个卫兵走进来，向沈司令行礼，静待吩咐。沈司令喝声"把她押起来"，于是卫兵们把雪华押着走出去了。

沈司令等雪华被押着走了，他在室中来回踱着圈子，嘴里含了雪茄烟，好像是在想什么心事的样子。在想过了一会儿之后，方才吩咐了部下几句，他坐着汽车，回到公馆里去了。到了公馆，只见碧桃一个人在房中绣花，这就问她说道："碧桃，太太出去了吗？"

碧桃一见司令，连忙站起身子，有些支吾的神气，说道："太太……太太刚才和张家大小姐一同到戏园子里听戏去了。"

沈司令嗯嗯应了两声，他心中却是暗暗欢喜，便说道："那么时候不早，你可以去歇息了。"碧桃应了一声"是"，便悄悄地退出，心里暗想：我真糊涂，险些儿露了马脚。原来露茜打电话给世雄，叫他在六国饭店看戏，临走吩咐碧桃说谎的。沈司令待碧桃走后，他便打电话到司令部，吩咐他们把雪华女犯一名带到司令公馆来。不到半个钟点，雪华便被送进了沈司令的公馆。雪华见这是一间富丽堂皇的卧房，里面的陈设，确实是十分考究，这就明知司令对自己也不怀好意，于是绷住了面孔，说道："沈司令，你带我到这个地方做什么来？"

"李小姐，我觉得你虽然是杀了人，不过你却不像是个杀人的罪犯，所以假使把你治罪而死，我认为实在是太可惜了。为了你这件案子，我费了许多的脑筋，想救你不死，不知道你心中以为怎样？"沈司令说话的态度很正大，表示完全一片好心的意思。

雪华听他这样说，倒以为他真的有这一番好意，一时倒芳心一动，遂也柔和地说道："沈司令既然明白我不像是个杀人的凶手，那么承蒙你热心相救，我当然是一万分地感激。"

"不过我虽然是个司令的地位，要救一个人当然也要有一个理由，无缘无故地把你救了，况且你又是一个年轻的小姑娘，这被外界知道了，难免要引起许多的误会。所以我认为这倒是个需要考虑的问题。"沈司令喷着雪茄烟，两眼望着天花板出神，表示一本正经的样子。

雪华暗想，这话倒也很有道理，她乌圆眸珠转了一转，忽然想出一个办法来，说道："沈司令，假使你真心预备救我的话，那么你可以宣布黄副官的罪状，他的死根本是罪有应得。"

"你这话虽然不错，但也有一个困难。哦，有了，李小姐，我想把你认作了表妹，这样我们有了这一层亲戚关系，岂不是更好吗？"沈司令他不知怎样一个念头，居然说出这几句话来。

雪华又好气又好笑，连忙正色道："沈司令，你这话根本大错而特错。我的意思，本来是事实，而且人家还会赞颂你的军法严厉；现在你这种意思，完全是莫名其妙。假使被外界知道，岂不是要留给后世人唾骂吗？"

沈司令笑了一笑，慢慢地挨到她身旁来。一手搭了她的肩胛，一手抬她的下巴，说道："李小姐，我老实对你说吧！我实在是因为爱你，才不顾一切地要救你，你难道不明白我的意思吗？"

雪华一转身，避到桌子旁去，冷笑了一声，说道："沈司令，你爱上了一个杀人的罪犯，你难道不怕自己也犯了法吗？况且我是一个有丈夫的女子，你……要强迫爱我，你……还算是个堂堂的司令长官吗？"

"不，我以为司令也是一个人，你们老百姓也是一个人，我为什么不能来爱你呢？至于你说是个有丈夫的女子，这你除非去骗骗三岁的小孩子，我绝不会相信你的。倘然你一定要承认是个少妇，那么你就不妨让我试验试验，那我才可以完全地相信你了。"沈司令在卧房之中根本已忘记了自己的尊严，他笑嘻嘻地说完了这两句话，大有非礼的意思。

雪华见沈司令这个样子，心中暗想，那就无怪黄副官这种色眯眯的神气了。她真有说不出的痛恨，按捺不住地撩起手来，在沈司令的面颊上照样啪的一声打了一记耳刮子。

打沈司令耳刮子恐怕雪华是第一人了，那简直是吃了豹子胆。沈司令圆睁了环眼，把手按住了面颊，嘿嘿地狞笑了一阵，说道："李家小丫头，你真是造反了你，你……你敢打起我的耳光来，那你不是太岁头上动土吗？想不到你竟会这样不识抬举，我今天可做了你。"说到这里的时候，猛可地在壁上拔出指挥刀来，一刀向雪华刺了过去。雪华退到大橱的旁边，只见刀尖头已刺到自己喉管的旁边，这就急着竭声地大叫起来。

沈司令却笑了一笑，说道："小姑娘，你不要这样傻！我做司令的要几个漂亮的太太，那算得了什么稀奇的事？现在我别的女人不爱只爱你的身上，照理你应该多么欢喜才是，谁知你还不肯答应。我问你，你难道还想做皇帝的太太吗？"

雪华在这个环境之下，觉得自己假使把头颈一歪的话，恐怕就会死于非命，那么何不将计就计地来一个美人计呢？于是笑道："沈司令，我以为你是一个宽宏大量的人，所以我是故意打你一记耳光，同时试试你是不是真心地爱我。因为一个真心相爱的人，不要说是打他一记耳光，就是把他的头割下来，他也绝不会感到一些愤怒的。现在我明白了，我知道了……"

"你明白什么？你知道什么？"沈司令被她说得软化下来，接下去问她这两句话。

"我明白你并没有真心爱我，我知道你对我完全是一片假情假意。"雪华说得很响亮，她表示十二分的生气。

沈司令这才现出一面孔笑容来，他把手中的指挥刀慢慢地放下来，说道："我想不到你这位姑娘的肚肠倒是比别人多几条的，原来你打我耳刮子，是为了试试我到底爱不爱你的意思。哈哈哈哈，我的好宝贝儿，那么你就伸手再量我几下耳光子，孙子王八蛋才会向你发一点脾气。"沈司令一面把指挥刀藏过，一面挨近了雪华，把脸凑上去表示给她再打的意思。

不料正在这个时候，忽然从房门外闯进一个女子来。见了房中这个情形，便冷笑了一声，说道："好一个不要脸的东西！怎么胆敢到我房中来勾引司令了！"

这个女人就是陆露茜，原来她刚才和世雄在六国饭店内发生了口角，大半还是为了雪华的问题，所以大家弄得不欢而散。谁知回家一看，雪华和司令又在搅七廿三地缠作一堆，你想，怎不叫她把雪华恨得入骨呢？

沈司令一见露茜回来，倒弄得局促不安，显出一副尴尬的面孔，望着露茜笑道："太太，你不是到戏园子里看戏去了吗？怎么一会儿又回来了呢！"

"哼，我就知道你们在房中干的好事，所以戏都不要看就回来了。"露茜满面醋意地回答，她坐到桌旁去，两眼恶

190

狠狠地仇视着雪华出神。

沈司令听她这样说，奇怪地反问道："什么？你知道我们在房中干好事情？这就稀奇了，你如何会知道？你难道是千里眼顺风耳吗？这话太岂有此理！哦，我知道了，莫非是碧桃这小丫头来告诉你的吗？碧桃，碧桃，你快来！你快来！"沈司令是恼羞成怒地借题发挥，趁此可以暴跳如雷地大发脾气。

露茜待要阻止，碧桃闻声早已从房外急急地奔入，十分害怕的神气，急慌地说道："司令，你……叫我有什么吩咐吗？"

"好，好，你这大胆的鬼丫头，你……敢向太太搬弄是非吗？你说太太到戏园子里去听戏了，她怎么一会儿就回来了？不是你去报告，还有什么人呢？"沈司令把桌子一拍，两眼几乎要冒出火星来的样子。

碧桃吓得脸无人色，几乎要哭了起来。露茜这就代为给她辩白说道："司令，你也不必冤枉碧桃的，你在我的房中来玩弄这种淫贱的女子，你的良心到底是太对不住我了。"一面说，一面便呜呜咽咽地哭泣起来。

沈司令被她一哭，心中更加愤怒，他便拉起皮鞭，预备责打碧桃。碧桃发急道："司令，你不要打我，太太根本不是到戏园子里看戏的，她是和文处长的少爷一同出去的，

191

他们到什么地方去我也不知道。你冤枉我去告诉太太，太太所以才回家的，这……这……不是太委屈我了吗？"

沈司令一听这话，便把皮鞭缩了回来，大叫了一声"好啊"，回头对露茜"呸"了一声，说道："原来你自己做的好事，你倒还来管束老子的自由来吗？真是混账之至！"

露茜本来还要撒痴撒娇地哭闹，如今被碧桃说出了自己的秘密，这就急得一身大汗，弄得哑口无言。沈司令这时把碧桃一脚踢出门外，伸手把门关上了，回身两手拿皮鞭折了折，冷笑着说道："你这不要脸的贱人，我今日把你痛打一顿，明天再和这文小子算账。"

露茜一面躲避，一面叫道："司令，你且不要发怒，文家少爷原是来看望你的，因为你不在家里，所以他告别走了，齐巧我也要出去赴李家大奶奶的约会，所以就一同走了。你不相信，你明天可以问文少爷就明白了。"

雪华站在旁边本来是一言不发，看他们到底怎么的告一段落，不过心中却在暗暗思忖：露茜这个女子真是太可恨了，她为了世雄这一个人，竟然存心不良，叫黄思堂来伤害我的性命。虽然我没有被害，但我父亲是无辜遭了无妄之灾，到现在生死未知，就是不死，至少也是重伤。那么这贱人简直就是我李雪华的大仇人，现在正是我报仇的好机会，我为什么呆呆地站着不说一句话呢？于是开口说道："沈司令，我对你说，你的好太太早已给你戴上了一顶绿头巾了。她不知廉耻地用强迫的手段，一定要去爱上文世雄，但文世雄是个有知识的青年，他却拒绝了她，可是这不要脸的女人，她还用种种的手段去引诱他。你想，你这个好太太不是待你太恩爱了吗？"

沈司令听了她这几句刺激的话，他气得脸由红变青，由青变白，咬牙切齿地握紧了皮鞭，在露茜的脚跟上狠命地抽了两下。露茜竭叫了一声，站脚不住，早已痛得跌到地上去。她一面哭一面说道："司令，你……你只听她一面的话，你……你难道不顾我们过去的恩爱吗？你今日就是打死了我，我在阴世也绝不肯和这个狐狸精罢休的。"

沈司令听她这样说，遂向雪华望了一眼，点头说道："李小姐，我也有点不大懂，你……你怎么知道他们的事情啊？"

雪华说道："我老实地告诉司令吧！文世雄他本来是我的好朋友，不，也可以说是我的爱人。谁知这个身为司令太太的陆小姐，竟来夺我的爱，她还向我警告，说我假使不离开世雄而自动退让的话，她一定要害死我。果然她起了毒心，买通了黄副官，到我家来向我调戏，还把我父亲一刀刺伤，这些我都是实情的话。司令，你倒想一想一个

193

司令太太该不该有这种卑鄙可耻的行为呢？"

"哦！这样说起来，你们早已认识在前的了。司令太太！"沈司令向露茜叫到这一声的时候，他眼睁睁地显出一副要咬人的凶相，接下去说道，"我问你，她说的话，可曾编你的谎吗？"

"完全是冤枉我。"露茜坚决地回答。

"假使有半句冤枉她，我就绝没有好死。"雪华也认真地立誓，表示自己说的是实话。

沈司令叫了一声"好啊"，他手中的皮鞭，便毫无情感的向露茜身上狠狠地抽打起来。你想，露茜这种娇滴滴的女子，怎能经得住沈司令像虎狼般的痛打？一时早已被打得昏厥在地，看她脸上却已红一块青一块地血痕斑斑了。

沈司令这才放下皮鞭，冷冷地笑了一阵，对雪华说道："李小姐，你见到这一幕情形吗？我今日把她痛打一顿，可完全是为了你的关系。现在我要详细地问你，你是爱世雄，还是爱我？"

雪华见到露茜被打的惨状，虽然觉得沈司令的残忍，不过心中却感到一阵子痛快。她明白沈司令的意思：假使我再不答应他的爱我，那么我自然也会遭到像她那样的不幸和悲惨。于是就微微一笑，说道："沈司令，你只要没有了她，让我做了司令太太，我就把整个儿的身子都交给你。"

沈司令听她这样说，丢下手中的皮鞭，口里叫了一声
"我的好宝贝"，正欲上前拥抱的时候，忽然一阵电话铃声
响起来。沈司令只好先去接听，原来是日本司令部请他去
会议事物，他很恼恨地说道："他妈的，早不来晚不来，偏
偏在这时候来了电话！碧桃！碧桃！"

碧桃从外面走进来，还有些害怕的样子，问司令有什
么吩咐。沈司令叫她好好地服侍雪华，自己有事外出，回
来若不见了雪华，可要碧桃的狗命。碧桃连声说晓得。沈
司令抱住了雪华，吻了一个香，方才含笑匆匆地走了。

这里碧桃蹲下身子，一见露茜被打得遍体是伤，昏厥
在地，一时也忍不住伤心落泪，叫了两声太太，却不见露
茜答应。雪华趁机溜出房去，却被碧桃拉住了，苦苦地哀
求，说道："小姐若一走之后，那我的性命就没有了。"雪
华不忍为了自己而累害一个弱小的女孩子，于是决定不走
了。过了一个钟点，露茜才悠然而醒，她见了雪华，不但
不恨，反而忏悔自己的不该，一面哭得泪人儿似的求雪华
代为向司令讨饶。雪华见她可怜，反而扶她睡到床上，叫
她放心，安心地休养。

这天晚上，沈司令没有回来，直到第二天上午十时才
回公馆，那时雪华都已起身。沈司令见露茜睡在床上，不

禁大怒，狠命地把她拖下床来，说她没有资格再住在这个卧房，叫她滚蛋。露茜苦苦哀求，并不见效。雪华这时却袖手旁观，并不插嘴说话。露茜觉得自己失宠，根本没有说话的余地，也只好含恨走出房去，想起身世茫茫，不知何处是归宿，忍不住大哭起来。

沈司令毫无怜惜之情，反而冷笑不止，一面脱衣，一面说道："他妈的，开断命军事会议，竟整整地开了一夜，没有合过眼睛。我的好宝贝，你快陪我睡一会儿吧！"

雪华媚笑着道："你既然疲倦，你就快好好睡吧！等到晚上，我再陪你睡也不迟啊！"说时，故作无限娇羞的样子。

沈司令哈哈地大笑了一阵，一面睡进被窝内，一面笑道："那么你在房中陪着我，不要走到外面去，知道吗？"

"我已在这里睡过了一夜，你还怕我逃到什么地方去？司令大人，你就静静地安息吧！"雪华丢给他一个媚眼，这意态是分外美丽，沈司令心里荡漾了一下，便蒙着被儿，甜蜜地睡去了。

这当然是意料不到的事，沈司令这一睡下去，却是永远醒不回来了。你道是什么缘故，原来下午两点光景，沈司令还在好梦未醒之际，天空中就来了大批中国飞机，很准确地在司令公馆屋子上投了一个炸弹。说起来雪华也许是命不该绝，当飞机投弹的时候，她齐巧由碧桃监视着在花园里散步。因此司令公馆被炸，她和碧桃从烟雾弥漫之中逃出了大门，混乱中各自逃命去了。

雪华逃回到家里，哪晓得自己的家也变成了焦土，因为不知父亲的存亡，忍不住放声大哭，可是却听到有人在叫妹妹的声音。雪华循声而往，在瓦砾堆里找到了奄奄一息的自强，这就叫了一声哥哥，忍不住泪水又像雨点般地滚落下来。自强说道："妹妹，你不要伤心，今天我虽被炸死在这里，但我很快乐，因为从这轧轧的飞机声中，很明显已经带来了胜利的消息。妹妹，我想不到还能够见到你，你可明白这个黄走狗是谁把他打死的？"

雪华听了这话方才恍然大悟，"哦"了一声，说道："是的，我明白……这个黄走狗，他一定是被哥哥打死的了，但是父亲呢？"

"父亲，他……他也死了……"自强最后挣扎着说出这一句话，他的喉间是已经没有气息了。雪华抚尸痛哭的时候，忽然远处驶近一辆自由车，上面跳下一个青年，正是文世雄。这时世雄见自强也已遭难，便挥泪不已，一面向雪华安慰道："雪华，你不要伤心，在这个恶势力重重压迫下活着，倒不如像你哥哥那样光明地死了比较荣幸。你看，那边不是又有一批飞机来了吗？"

雪华随了他指点的地方看去，果然又有一大批飞机从远处飞了过来，一个个的炸弹好像生蛋般地落下，接着轰轰的声音，和一团一团的浓烟，整个笼罩了南京的城头。因为是暮色降临大地的时候了，只见四面的烽火已到处地燃烧遍了。

图书在版编目（CIP）数据

秋水长天／冯玉奇著. -- 北京：中国文史出版社，2024.3

（冯玉奇通俗小说；3）

ISBN 978-7-5205-4255-5

Ⅰ．①秋… Ⅱ．①冯… Ⅲ．①长篇小说-中国-现代 Ⅳ．①I246.5

中国国家版本馆 CIP 数据核字（2023）第 166419 号

责任编辑：蔡晓欧

出版发行：**中国文史出版社**

社　　址：北京市海淀区西八里庄路 69 号院

邮　　编：100142

电　　话：010-81136606　81136602　81136603（发行部）

传　　真：010-81136655

印　　装：廊坊市海涛印刷有限公司

经　　销：全国新华书店

开　　本：880×1230　1/32

印　　张：6.375　　字数：104 千字

版　　次：2024 年 3 月第 1 版

印　　次：2024 年 3 月第 1 次印刷

定　　价：48.00 元

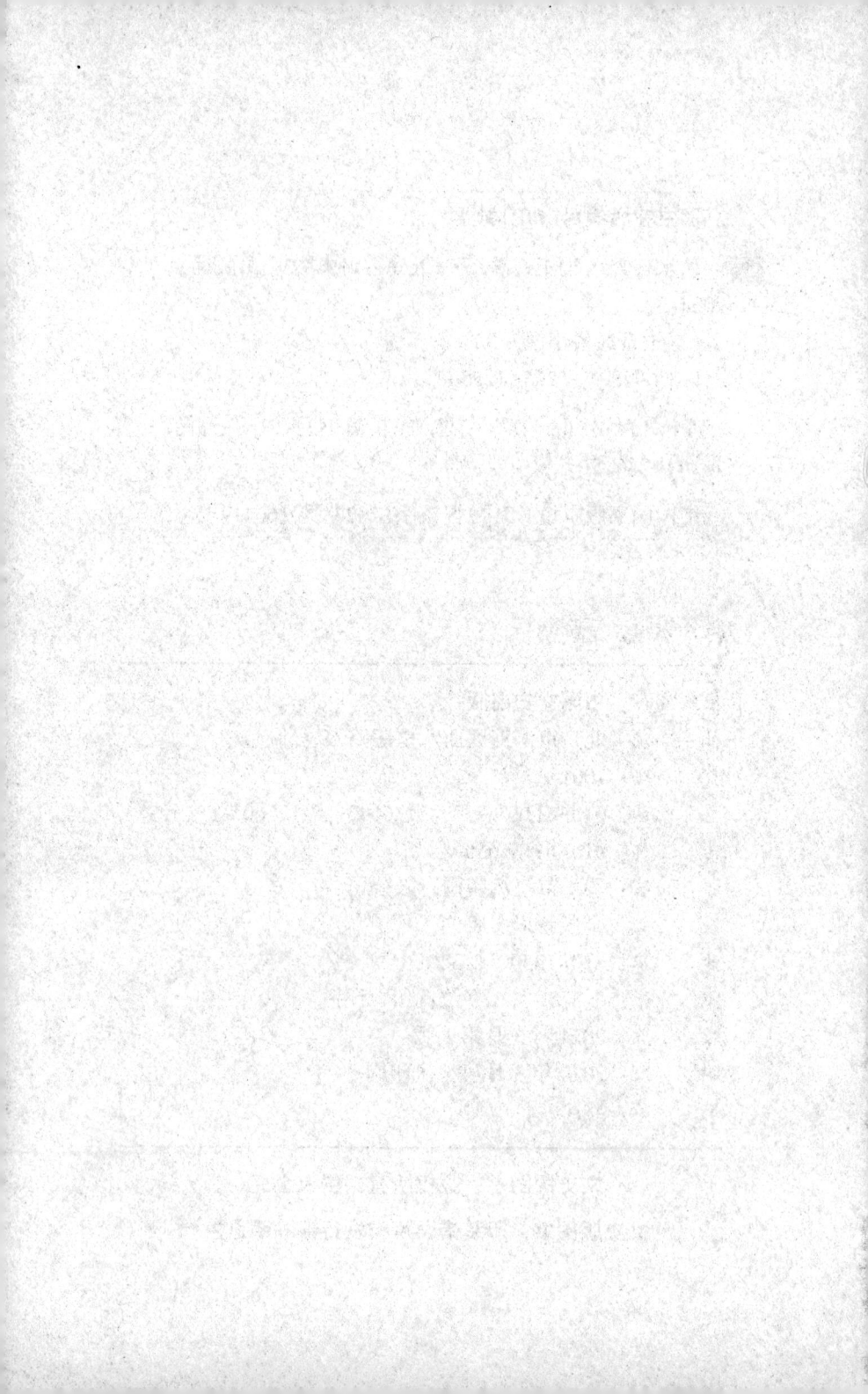